JN139085

THE DRAGON'S APPRENTICE

ドラゴン・アプレンティス

著／ドゥガルド・A・スティール　訳／こどもくらぶ

今人舎
IMAJINSHA

For Max, Cameron & Toby

Dugald A. Steer

For my dear friend and guide, Virfil Pomfret

Nick Harris

THE DRAGONOLOGY™ CHRONICLES
THE DRAGON'S APPRENTICE

First published in the UK in 2011 by Templar Publishing,
Deepdene Lodge, Deepdene Avenue, Dorking, Surrey, RH5 4AT, UK
Text copyright © 2011 by Dugald A. Steer
Cover Illustrations copyright © 2011 by Douglas Carrel
Interior Illustrations copyright © 2011 by Nick Harris
Design copyright © 2011 by The Templar Company Limited
Dragonology™ is a trademark of The Templar Company Limited.
All rights reserved.
Japanese translation rights arranged with The Templar Company Ltd.,
through Japan UNI Agency, Inc., Tokyo.
Japanese edition published by Imajinsha Co. Ltd., Tokyo, 2013.

Printed in Japan

目次

プロローグ ⚜ ロンドン塔……9

第1章 ドラゴンズブルック……16

第2章 ドラゴン典礼式……41

第3章 ドラゴン学者の晩餐会……62

第4章 エラスムス……85

第5章　行方不明……122
第6章　ワイバーン・ウェイ……138
第7章　誘拐……157
第8章　アンダーソンさん……172
第9章　ベンウィヴィスの戦い……192
第10章　ロンドン……214
第11章　正体が明かされる……236

種名：ワイバーン
特徴：2本の脚、大きな翼

種名：ヨーロッパドラゴン
特徴：4本の脚、大きな翼

第12章　トレイターズ・ゲート……258
第13章　宝の山……302
第14章　イドリギアの裁き……328

種名：フロストドラゴン
特徴：４本の脚、大きな翼。
極地に棲むドラゴン

種名：ガーゴイル
特徴：４本の脚、小さめの翼

種名：バシリスク
特徴：どんなドラゴンにも変身できるドラゴン

種名：ナッカー
特徴：４本の脚、退化した翼

種名：中国の龍
特徴：長い体に４本の脚、翼なし

のえしにいと秘神

紙関機

1882年12月号

依然としてアレクサンドラ・ゴリニチカ行方不明

かつてはロシアのドラゴン学者であり、いまはドラゴンの殺し屋、アレクサンドラ・ゴリニチカが、中国第一のドラゴン学者の手から逃れて以来、行方不明となっている。ゴリニチカ女史とその一味には、悪名高いドラゴン密売人のシャドウェルがふくまれている。

彼らは、ドラゴン・マスターのアーネスト・ドレイク博士を狙って宏偉寺を攻撃したとみられている。一味の計画は勇敢な防衛軍よって阻止された。防衛軍には宏偉寺の老師、ドラゴン学者のノア・ヘイズ、クック夫妻、そしてその子どもたちのベアトリスとダニエルがふくまれていた。ところが、その勝利には悲しみが影を落としていた。西の山の高貴な竜王・ロンウェイが、戦いのさなか、むごたらしく殺されたのだ。ゴリニチカは彼の殺害について釈明するよう国際社会から求められている。さらに、S.A.S.D.から宝物を盗み出したことと、ドラゴンを奴隷としたことへの告発に関してもそうである。信頼できる筋からはさらに深刻な報告がもたらされている。インドにおいて多くのドラゴンの命を奪った不可解な病気に、彼女がかかわっているのではないかというものだ。これらの厄介な申し立てに対する立証は、今日現在まだなされていない。というのは、あのロシア人が、宏偉寺の戦いのさなか、捕まるのを避けるために崖から飛び下りて以来、見つかっていないからだ。そのように墜落すれば死に至ることはほとんどまちがいないのだが、彼女の遺体はいまだ発見されていない。このような不可解な出

信通会協者学ンゴラド

来事がアレクサンドラ・ゴリニチカの死を暗示するものなのか、あるいはドラゴンに対していっそうの混乱をもたらす陰謀を予測させるものなのか、時がたてばわかるであろう。

ドラゴンの治療薬発見される！

S.A.S.D.からの良き知らせ。インドのタール砂漠において、ナーガをむしばんでいた謎の病気の治療薬が発見された。ところが残念なことに、ナーガにとってその治療薬は遅きに失したようである。はたしてどれだけのナーガが生き残ったか疑わしいからだ。しかしながら、ほかのドラゴン種は救助されている。それについては、ベアトリスとダニエルのクック姉弟の勇気ある働きに、格別の賛辞を呈するものである。彼らはドレイク博士の弟子であり、S.A.S.D.の宝物の二つ（セント・ペトロックの聖杯と、リベル・ドラコニス）を、勇敢にもドラゴン・エクスプレスを乗りつぎ、ロンドンからインド、そして中国まで運び、現地で治療薬を調合するのに貢献した。ドラゴン学者たちは、この薬が多くのドラゴン種に効果があることを認めている。また、間もなく病気が撲滅されるだろうと自信を見せている。クック家の子どもたちはまちがいなく、現代に生きるドラゴンたちに降りかかる最大の脅威を取り除いたのだ。そのたぐいまれなる功績は、ドラゴンを愛する世界じゅうの者たちから、広く賞賛されるべきものである。

宏偉寺の戦い、ナーガを死にいたらしめた謎の病気についての詳細は、シリーズ2巻目『ドラゴン・エクスプレス』を参照されたし。

ドラゴン学の
イギリス諸島
地図
ラス岬
ベン
ウィヴィス山
インヴァネス
ベン
ネヴィス山
スコットランド
N
W
E
S
グラスゴー
エディンバラ
イングランド
ヘルヴェリン
アイルランド
ダブリン
シェフィールド
ウォーンクリフ
ウェールズ
ケイダー・
アイドリス
アングリア
カーディフ
エイヴベリー
ロンドン
セント・レオナードの森
ホーシャム
リザード

プロローグ ― ロンドン塔 ―

1

883年6月1日の朝。一人の男が肩をそびやかしながら、中世の城塞・ロンドン塔に入っていった。その男シリル・ウィルソン少佐は、ランソーン塔わきの発掘中の遺構にまっすぐ歩を進めた。少佐が発掘現場の足場に近づくと、別の男がものかげから現れ、彼に近づいていった。

「おはようございます、少佐」男は帽子をとり、あいさつをした。

「例のものが無事に到着したようだね」との少佐の言葉にうなずくと、男ははね上げふたを持ち上げ、地下へ降りるよう促した。

「もどるときは、ノックしてください」

男は少佐に火のついたたいまつを渡し、はね上げふたを閉めた。

地下はざっくりした造りで、がっしりした長い木箱が一方の壁に立てかけてあった。また、別の壁には、3頭のライオンの浮き彫りがついた巨大な盾があった。少佐はしばらく盾を調べていたが、最上部のライオンの目にやおら指を2本さし入れた。すると、カチッという音がして2番目のライオンの舌がはね起きた。少佐はそれをグイッと引っぱった。もう一度カチッという音がし、盾全体がサッと開き、暗がりの奥にトンネルが見えた。

たいまつの明かりの中で、少佐の目が大きく見開かれた。トンネルの中には、巨大な骨が頭の高さまで両側に折り重なっていたのだ。えり飾りのついた頭がい骨がやみに浮かびあがった。それは、人間の頭がい骨と少し似た部分はあるものの、全体としては怪獣のようだった。入口の上には、「Bienvenue au Royaume des Dragons Morts.」という言葉が彫られていた。「亡びしドラゴンの王国へようこそ」と、少佐は自分の言語に翻訳してつぶやいた。そして地図を取りだし、たいまつの明かりでしばらくそれを確かめてから、木箱を持ち上げ、しっかりした足取りで骨だらけの迷宮に足を踏み入れた。

1時間後、少佐はそびえ立つほどの巨大な扉に達した。扉は、まるで彼を迎え入れるかのように開いた。たいまつで照らされた広い円形のホールに足を踏み入れると、思いがけず硫黄のにおいがした。その不快な刺激に彼は鼻をしわ寄せた。ドラゴンの絵と彫像が壁を飾っていた。

少佐はすぐに、ホールの反対側の突き当たりに注目した。そこには、今にも飛び立つかのように後ろ脚で立ち上がり、大きく翼を広げた実物大の見事なドラゴンの像があった。広げられた翼は、丸天井からわずか数センチメートルまで達していた。目はルビー色、うろこは金色、それに真っ赤な舌が突き出ていた。舌の長さは全体で1メートルほどもあり、見るからに恐ろしげな銀の歯が並ぶ口からだらりと垂れ下がっていた。しかし、その像は完全とはいえなかった。右手の先が欠けていたのだ。

すると、像のほうから不気味な声が聞こえ、部屋じゅうにこだました。

「ようこそ！　おまえはわしらに加わるために来たのか？」
「ここはいったい……？」少佐は箱を下に置き、声の響いてくる像のあたりを見つめた。
「悪のドラゴン結社の総本部さ。当時の騎士はもはやいないが、我々は、彼らの使命を引き継がなければならない」
「使命だって？」少佐は、自分が呼びだされた理由についてほとんど知らなかった。
「本を見るんだ」
ドラゴンの像の足もとに書見台があった。そこにある古代の本は、黒い羽根と金文字で表紙が飾られていた。
「マレウス・ドラコニス……」少佐は題名を読みあげた。
「『ドラゴン・ハンマー』だ！　エドワード一世が書いたものだ。騎士にとっては、そこに書かれていることは法律そのものだった。像の上の題辞が見えるか？」
像の上の渦巻き模様の彫刻を見た少佐は、そこにある文字を読み、震えはじめた。
「Mort aux Dragons」

「『ドラゴンに死を！』これは戦いの鬨の声だ！」声が不気味に響いた。
「彼らの使命は、王国じゅうのドラゴンを抹殺することだった。失敗したがな」
「それでは、あの骨はドラゴンのものなのか？」
「察しがいいな、少佐」
「しかしドラゴンは空想の生きものではないのか？」
「空想だと？」
黒いフロックコートを着た男が出てきた。その顔は傷だらけで醜く、表情を読み取ることは困難だった。「これを見ろ！」男は腕を後ろに伸ばし、セント・ジョージの色あせた肖像画の下にある鉄の檻を指し示した。
少佐が近づくと、硫黄のにおいがさらにひどくなり、思わず口と鼻を手で覆った。檻の向こうには、翼を折りたたんだ、小さな緑色の生きものが眠っていた。まぎれもなく、むちのようなしっぽをもつドラゴンだった。
少佐はやや取り乱し、大きなため息をもらした。「こんなに小さいのか？」

頭からしっぽの先までなめるように見ながら、今度はこわばった表情で聞いた。
「ほんとうに火を吐くのか？」
「このガーゴイルは火を吐かない。殺すにも値しないような赤ん坊だが、成長するとずっとでかくなる。あんたのような熟練の兵士にとっては、大人のドラゴンを殺すほうがもっと楽しめるだろうよ」
男はうすら笑いを浮かべ、何もかも知っているような口ぶりで、続けた。
「あんたは確か、政府がじきに高性能の野砲を受け取ると言っていたな。それも山岳戦向けのものを。あんたはそいつの……テストをする責任があるとも言っていたと思うが」
「その武器ならここにある」少佐は木箱を指し示した。
「それじゃあ、テストだ」
レバーが引かれると、檻が上がった。ドラゴンは目覚めて立ち上がり、自分と壁とをつなぐ鎖を引っぱった。少佐は箱を開けて小さな野砲を取り上げ、脚を立てた。それをホールの入口近くにすえると、弾を銃口からこめた。

「後ろに下がるんだ」強く言いすぎたと思ったのか、少佐は軽くせきばらいをすると、今度はやや柔かく言った。「こいつはすごい威力があるんでね」

顔の醜い男は言われたとおりにした。少佐は銃の後ろにひざまずくと、驚きの目で見つめるドラゴンに、銃口を向けた。

「人質を殺すのは、フェアだとは思えないがね」少佐は一言くぎを刺した。

「かまわんよ、少佐殿」男は目をキラッと光らせたが、顔はあいかわらず無表情だった。

少佐は険しい表情で引き金を引いた。強烈なさく裂音とともに煙がもうもうと立ちのぼった。静寂がもどると、子どもドラゴンの死体が転がっていた。その目はまだ何かを見つめているようだった。注意深く近寄った男が、死体をつま先でつついた。

「死んだか？」少佐が尋ねた。

「ああ」冷たくいびつな笑みを浮かべ、男は握手を求めて手を少佐のほうに伸ばした。

「これで、おれたちには敵と味方ができたわけだ、少佐。それでは、『神秘といにしえのドラゴン学者協会』のことを話すとしよう」

第1章　ドラゴンズブルック

我々は、ドラゴンを支え、潜伏するのを助けるようなやからを一人残らず見つけ出し、滅ぼさなくてはならない。

―『マレウス・ドラコニス』（ドラゴン・ハンマー）エドワード一世

森の小道を小走りしていたトーチャーが、木の枝をひょいととび越えると、小枝を踏みつけた。キイチゴもつぶれたが、赤くて厚いうろこは強く、とげなど意に介さないようだった。

ベアトリスとぼくはその楽しげなようすを見ていた。

「ドラゴンズブルックに行くのに、必ずこの森を抜けなきゃならないの？」

ぼくはブツブツつぶやいた。ぼくたちがドレイク城を出発してから、すでに1時間近くになる。荷物がだんだんと肩に食いこんできた。

「ドラゴン学の授業日だけよ」お母さんが元気よく答えた。

「トーチャーがもっと大きかったら、ぼくたちを乗せていってくれるのに」

ぼくは思い切って言ってみた。みんなが笑い、トーチャーはちっちゃな翼をふくらませた。自分のことが話題になっているのがうれしいんだろうか。

トーチャーはヨーロッパドラゴンの子どもで、まだたった1歳の赤ん坊。ベアトリスとぼくが卵からかえしてからずっと育ててきた。

「わかっていると思うけど、トーチャーがあなたたちを乗せられるほど大きくなったら、野生にもどすのよ」

お母さんから念押しされて、ぼくたちは少し気分が落ちこんでしまった。いつの日か大好きなドラゴンと別れることを考えると、たまらなくなってきた。お父さんもしょんぼりしていたから、きっと同じように感じたのだろう。

「トーチャーはドラゴンズブルックをきっと好きになるよ」お父さんは少し前を進みな

がら、話題を変えてきた。
「もっと自由になるだろうしね。それにどんな場合でも、親のない赤ん坊ドラゴンの巣は、人間の世界から遠くなくちゃならないんだ」
「ドレイク城からはもう十分遠くまで来たんじゃない？」ベアトリスはお父さんに追いつこうとして早歩きになっていた。「これで、雨でも降ったらどうするの？」
「トーチャーが傘になってくれるよ！」お父さんはまゆをクイッと上げて言った。
「この子は、ドラゴン・エクスプレスで世界を半周するあいだ、昼も夜も、サハラ砂漠の猛烈な暑さにも、ヒマラヤの凍りつく寒さにも耐えたんだったね？」
「そうね」ベアトリスはお父さんに腕をからませると、ちょっと考えるようなそぶりを見せた。「でもそのときは雨じゃなかったでしょ」
ぼくたち姉弟は二人とも、ドラゴンの巣のことを考えて、興奮していた。でもほんとうは、両親とまた一緒に住めるのがいちばんうれしかったんだ。
お父さん、お母さんとは4年間も離れ離れになっていた。二人はそのあいだインドにいた。「神秘といにしえのドラゴン学者協会」のための重要な調査があったんだ。伝染病に苦しんでいたナーガたちを救うために、ベアトリスとぼくがヒマラヤにいることを二人が知ったときは、ほんとうに驚いて、そして喜んだと思う。ところが、その経験はついこのあいだ、悲劇的な結末に終わった。そして今やっと、普通の家族のように一緒に時間を過ごすことを、両親は決めたんだ。しばらくのあいだだけれど。

ぼくたちはドラゴン学の学校も大好きだった。とくに今は、新しい友だちもできた。ビリー・ライトは、ドレイク博士の学校ではぼくたちより1学年上の先輩だった。ビリーの妹のアリシアはぼくたちと同じ時期に学校に入ってきた。二人のお父さんはチディングフォールド男爵といい、政府の秘密のドラゴン大臣だった。ビリーは気さくなやつだけど、ちょっと知ったかぶりで、いつも妹をこきおろしていた。ところが、ベアトリスに会ってからのアリシアは、兄に言い返すこともできるほどたくましくなり、ビリー自身も少し感謝しているようだった。

ダーシー・ケンプもぼくたちより先に勉強を始めていた。彼は幸運にも、ドレイク博士のロンドンの店であるドラゴナリアを、ときどき手伝っていた。ダーシーはぼくたちより少しだけ年上だが、ドラゴンについてはぼくらよりずっと知識が豊富だった。

突然、カバの木の根元にあるワラビの茂みの下から、紫色のネバネバが小道にあふれ出ているのにぼくは気づいた。湿地にくらすドラゴン、ナッカーの毒液にまちがいない。ナッカーのウィーゼルが近くにいるんだ。ぼくはみんなに注意を促した。

ベアトリスがびっくりして言った。「トーチャーはどこ?」

「どこか先のほうだと思うよ」と、ぼくは答えた。

トーチャーが前にナッカーに会ったときは、ウィーゼルの10分の1の大きさしかなかったけれど、ウィーゼルにかみついてこわがらせた。またそんなことをしなけりゃいいけどと、心配になった。あたりを見回しても、トーチャーはどこにもいない。

もう少し進むと、こわれかけた柵があり、その隣に石造りの建物があった。壁はキイチゴとツタで完全に覆われているので、どんな建物かよくわからない。

「まるで遺跡ね……」ベアトリスがうんざりするように言った。

そのとき、ぼくたちの後ろにトーチャーが降り立ち、翼をたたんで、うろこだらけの体をくねらせながら突然ダッシュして、遺跡のさびた門をすり抜けていった。建物のてっぺんからは煙が一すじ立ちのぼっていた。

「あら、マドモアゼル・ガメイが着いていたのね」

お母さんはあわてて門を開け、トーチャーのあとを追って雑草だらけの小道を走っていった。ベアトリスはあっけにとられていた。

「ここがまさか、私たちが住むところなの？　ここがドラゴンズブルック？　トーチャーはどこに泊まるの？」ベアトリスは泣きそうだった。

「そうだな、裏の古い厩舎に泊まれるんじゃないかな」お父さんが答えた。

「それじゃあ、トーチャーは家の中には泊まらないってこと？」ぼくはちょっとがっかりした。

「わかるだろう、ダニエル。家の中にドラゴンを泊まらせることはできないんだ。あまりにも危険だよ」

「そのことをだれかトーチャーに話したの？」正面の扉にからまっているツタの下に、トーチャーのしっぽが見え隠れしているのにぼくは気づいた。

「さあさあ、もたもたしないで、トーチャーを連れてきなさい」お父さんはぼくの質問には答えずに、手を大きくたたいてぼくたちを促した。

ベアトリスとぼくはあわててトーチャーのあとを追いかけ、薄暗い室内に入った。

「ここがぼくたちの新しい家になるんだ」そうつぶやくぼくの目に、暗やみの中に浮かぶ天井の割れ目やクモの巣が、いやになるほどとびこんでくる。

「家なんて言える？」ベアトリスは明らかに不満そうだ。「暗いし、薄気味悪いし……。大っ嫌い！」

家の裏の方向に手探りで進むうちに、目が暗やみに慣れてきた。

「トーチャー？　どこ？」

突然、なべやフライパンがガチャガチャと落ちる音がし、それにキーッという叫び声が続いた。ビクッとしたベアトリスに、別の大声が追い打ちをかけるように聞こえた。

「サクレ・ブルー（Sacré bleu）。いったい何なの！」
ドレイク博士の家政婦のマドモアゼル・ガメイだった。ガメイさんはドラゴン学の先生でもあり、有名なフランス人ドラゴン学者のはずだが、今日はここを住めるようにする手伝いに来てくれたようだ。
ホール奥の扉の横で、シチューポットがひっくり返ったまま床から1メートルも浮かんでいるのを見て、ぼくたちはびっくりした。
「わかった！　この家はお化け屋敷よ！」
「お化け屋敷じゃないよ。トーチャーだよ！」
「もう、トーチャーったら」
ベアトリスはさっきの怖がりようから打って変わって、今度はクスクス笑った。
ポットを頭にかぶり、トーチャーは「ポー、ポー、ポー」と言っていた。
ぼくたちは顔を見合わせて笑った。
「『ポット』って言おうとしているのかな？」

「そう思うわ」ベアトリスはトーチャーのほうへ駆け寄り、抱きついた。
「お利口なドラゴンさん。そう、あなたはポットに頭を突っ込んでいるのよ」
「トーチャーがけがをする前に、ポットから離したほうがいいね」ぼくの提案にベアトリスもうなずき、トーチャーの後ろ脚をつかんだ。
「3つ数えたら、引っぱるのよ！」ベアトリスが叫んだ。「1、2―」
「ヒック！」トーチャーがしゃっくりした。
「あらたいへん！」ベアトリスは急にあわてだした。
ぼくたちはシチューポットをかぶったままの赤ん坊ドラゴンを建物の外に出し、素早くとびのいた。トーチャーがしゃっくりをするのは火を吐く前兆だ。直後に、一すじの炎がポットの下から吐き出され、外壁を覆っていたツタがほとんど焦げてしまった。
まだポットに頭を突っ込んでいたトーチャーは周りが見えず、よろめいて庭のへいにぶつかった。今度は頭をレンガに打ちつけはじめた。何度目かにようやくポットは外れ、ガチャーンという音とともに地面に落ちた。

「たしか、トーチャーはかしこいドラゴンだってみんなが言ってたと思うけど？」
ガメイさんはあきれたように言いながら、手を腰にあててドラゴンの前に立った。
「まあ！　神よ、いたずらっ子から我らをお救いください」と言いながら、赤ん坊ドラゴンの首筋をつかみ、すすだらけの顔をエプロンでふいてやった。
「これで少しはましな顔になったかしら？」
ドラゴンを放すと、ガメイさんはベアトリスとぼくのほうを向いた。
「あなたたちはトーチャーの守り役だったわね？　つぎの講義では、注意力をテーマにしましょうか？」
「ごめんなさい」ベアトリスはあやまりながら、足で芝生をいじっていた。
「もっとしっかり見張っておくべきでした」ぼくもばつが悪かった。
「あなたたち、トーチャーのことはもういいから」
そのとき、お母さんが近づいてきて言った。
「2階へ行って部屋を選んできなさい。そのあいだ、トーチャーは私が見ているわ」

言われたとおり2階へ行き、窓から庭を見下ろすと、お母さんと赤ん坊ドラゴンはがらくたのかたまりの横に一緒に立っていた。お母さんはトーチャーのあごをくすぐって火を吐かせ、たき火をしようとしているようだ。その向こうの、ここに通じる小道を見ると、何か動くものがあった。

「だれか来るよ！」

いつの間にか、ベアトリスも窓のところに来ていた。

「あら、ドレイク博士じゃない？　もう1週間は来られないと思っていたけど」

「疲れているみたいだよ」

庭にいたお母さんもドレイク博士に気がついて、駆け寄った。お父さんとガメイさんもそれに加わった。みんな心配そうだった。

ドレイク博士は何か真剣に話しているようだった。

「私たちも下りましょう。きっと何かあったのよ」

毒を使ってナーガに伝染病を蔓延させた張本人、アレクサンドラ・ゴリニチカは、中国の宏偉寺の戦いで崖から飛びこみ、姿をくらませた。そして彼女はまんまと生きのび、今はすべてのドラゴンを奴隷にするための計画を練っているとのうわさが流れた。ドレイク博士は、うわさを確かめるために何週間か前に出かけていたのだ。

大人たちは庭に下りたぼくたちを見て、すぐに話すのをやめた。ドレイク博士がぼくたちに手を差しのべてきた。

「愛する若きドラゴン学者の諸君、元気だったかね？」彼はほほ笑んで言った。

「ドラゴンズブルックはいかがかね？　ここはドラゴンの養護施設としては最高の場所だと思うが、認めてくれるかな？」

博士は帽子を取り、額の汗をふいた。そしてドッカとすわりこんだ。

「良くないことがあったのですか、ドレイク博士？」ベアトリスが尋ねた。

博士は手を振って否定した。「君たちが心配するようなことは、何もない。疲れた、それだけだ。ずっと忙しかったんでね」

もう一度ほほ笑むと、今度は明るい表情になった。

「君たちの部屋は決まったかね？」

ぼくたちはうなずいた。

「結構。それでは今度はトーチャーの番だね。厩舎のそばの土手に小さなほら穴が二つあるんだ。あの子をそこへ連れていって、どちらが気に入るか見てみたらどうだね？」

ぼくたちはすぐにほら穴を見つけた。そこは何かの貯蔵室として使われていたようだ。片方には木の扉、もう一方にはさびた鉄格子があった。トーチャーは代わる代わる見比べていた。

「もうぼくたちは用済みだね」ぼくは心得顔でベアトリスを促した。

「ドレイク博士はどうしてあんなに心配しているの？」ベアトリスが尋ねた。

「どうも、ぼくたちには知らせたくないことがあるようだね。でも、何も知らないのは真実を知ることよりずっと悪いし、もっと心配になるだけだよね」

「博士の話を聞きにいこう！」ぼくはゆっくりもどりかけた。でも、ベアトリスにとっては少しショックだったようで、すぐには動けなかった。

「深刻な問題だったなら、ぼくたちも知る必要があるだろ？」
「いいわ、ダニエル。あなたに賛成よ」ベアトリスは苦笑いしながら言ってくれた。
「トーチャーは？」ぼくたちが見ると、二つ目のほら穴からよたよた出てきて、一つ目のほら穴に入った。また出てくると二つ目にもどった。
「大丈夫よ。決まったみたいじゃない。さあ行きましょ」
ぼくたちはできるだけ静かにもどり、大人たちの話が聞こえるところまで来た。
「イドリギアは、ブライソニアがどのように攻撃されたか話しましたか？」お母さんは顔をしかめて、心配そうだった。
「爆発があったのだ」ドレイク博士は答えた。
「彼女のすみかに続くトンネルの二つが、完全に破壊されたそうだ。でもブライソニアは無傷だ。イドリギアはそのにおいから、ダイナマイトが使われたと思っている」
「ダイナマイトだって？」お父さんはびっくりした。
「その悪党は、ドラゴンの巣を吹き飛ばそうとしたということですか？」

「おそらくね」ドレイク博士はそう言うと、手で白髪をかき上げた。
「もちろん、偶然トンネルに出くわすことがあるかもしれん。しかし、ブライソニアのすみかについてはあり得ない。ブライソニアは極度に人間を警戒しているし、驚かすようなこともしないはずだからな。それに、すみかとなっている山の斜面で見つかった、印章付き指輪のこともある。ドラゴン文字がくっきりと刻まれた指輪だ」
「まさか、うそでしょ……」お母さんは息を飲んだ。
「いや。残念ながらうそではない」ドレイク博士の声が重々しく響いた。
「でも、指輪を着けた残忍な騎士たちなどは、何世紀も前の話のはず……」
お父さんが苦々しそうに言った。
「私もそう思っていた」ドレイク博士がうなずいた。
「ブライソニアを攻撃したやつについて、ほかに手がかりは？」とお母さんが聞いた。
「それがだな、自業自得と言おうか、加害者は自分が仕掛けたダイナマイトで吹き飛ばされて粉々になってしまったのだよ。手がかりは何もないのだ」

「子どもたちにはどう言えばよいでしょうか？」
「今のところは何も言わんほうがよいだろう」ドレイク博士はやさしく言った。
「いつかはそのことを知るだろうが、今のところ心配させないほうがいいのではないかな？　ところで、私は二人がドラゴン典礼式に参加できればいいなと思っていますよ。イドリギアは、この新たな脅威に対してドラゴン協会が強固な姿勢を示すべきだと言い張っている。背後に何があろうとも」
ベアトリスは心配そうにぼくのほうに振り返り、「いったい全体、ドラゴン文字がついた指輪が何だっていうの？」とささやいた。
「わからないよ。ただ、もしドラゴンに脅威が迫っているなら、トーチャーにも特別に注意しなければならないね」
ドラゴンズブルックはまだ泊まる準備ができなかったので、その晩はドレイク城にもどった。ドレイク博士は、ロンドンのチディングフォールド男爵に会うために出かけた。

彼が残したメモには、翌朝、両親を手伝ってドラゴンズブルックを住めるようにすることと、午後からはガメイさんがドラゴン学の授業を始めることが書いてあった。

そのときは、生徒としてはほかにダーシーがいただけだった。つぎの日、授業が始まる前にぼくたちは聞いたことを急いで整理した。その疑問を解くヒントを、ダーシーがぼくたちにくれるかもしれない。

ダーシーは眉間にしわを寄せて言った。

「ブライソニアは今の時代では最も力の強いヨーロッパドラゴンだけど、極度の人間不信だ。とくに人間が発する音が大嫌いなんだ」

今度はぼくの番だ。

「ドラゴン文字が刻まれた指輪はブライソニアのすみかの外で発見されたみたいだよ。ドレイク博士からそのことを聞いて、お母さんとお父さんはとっても驚いていた」

ダーシーはさらに顔をしかめ、こぶしをギュッとにぎった。

「すると、うわさはほんとうだったんだ」

「うわさって、何？」

「ドラゴンの殺し屋がもどってきたんだって！　ドレイク博士がチディングフォールド男爵と話していたよ」

「じゃあ、指輪は何を意味しているの？」ベアトリスがさらに追及した。

ダーシーが説明してくれた。

「悪のドラゴン結社の指輪にまずまちがいないよ。知らないと思うけど、S.A.S.D.の会員もふつうはその言葉を口に出すことはないんだ。殺されたドラゴンをとむらうことに関係しているんだよ。

でも君たちもS.A.S.D.の歴史で勉強したろう？　悪のドラゴン結社の騎士団はイングランド王エドワード一世によって秘密につくられたものだ。騎士たちの使命は、王国じゅうのドラゴンを1頭残らず葬りさること、それだけだったんだ。

そのやり方はひどいものだった。それに、ドラゴンからまきあげた宝で、彼らは裕福になった。ベアトリス・クロークと息子のダニエルがS.A.S.D.を人間側で組織し、ドラゴンがドラゴン協会を組織することで殺りくをやめさせなかったら、騎士たちはおそらくドラゴンを国じゅうから一掃するのに成功したはずだ」

「それって昔のことだろう？　中世の騎士団が今でも活動しているっていうの？」

「わからないよ。でも、もしそうだとしたら、ドラゴンにとっては恐怖の日々の再来だね――ぼくたちにとってもね」

しばらく言葉が出なかった。ダーシーが口にしたことを、ぼくはなかなか理解できなかった。そのとき、身も凍るような考えが突如として浮かんだ。

「アレクサンドラ・ゴリニチカが裏ですべてを操っているとしたら？」

ダーシーは強く首を振った。「いや違う。アレクサンドラはドラゴンを壊滅しようとは思っていないはずだ。あいつはドラゴンを奴隷にして利用したいんだ」

「そのとおりね」ベアトリスがうなずいた。「それと、ドラゴンを殺すのにアレクサンドラがダイナマイトを使ったのは見たことがないわ。セント・ジョージの槍のような武器を持っているんだもの」

「イグネイシャスはどう？」ぼくは尋ねた。

ダーシーは驚いたようだった。「君は何も聞いていないのかい？　イグネイシャス・クルックは死んだんだ。ドレイク博士が言っていたよ」

びっくり仰天だった。イグネイシャスは、かつてドラゴン・マスターだったエベニーザー・クルックの息子だ。残念なことだが、彼はドラゴン・マスターとしての使命を父親から引き継ぐことはなかった。それにドラゴンに対する思い入れも一切なかった。それどころか、その持ち前の強欲さと権力志向が、守護ドラゴン（ガーディアン）であるウォントリーダムの死を招くことになった。最後に消息を聞いたのはパリで、アレクサンドラ・ゴリニチカの行方を探していたということだった。

その情報をうのみにすることができずに、ぼくは尋ねた。「どんなふうに死んだんだ？」

「知るもんか！　ドラゴン典礼式のときに詳しくわかるんじゃないかな」

「その儀式のことは何度も耳にするけど……。結局何なの？　それって、私たちがのけものにされているもう一つのことね」とベアトリス。

ダーシーはその儀式を想像してちょっと目を輝かせたが、次の瞬間にはおっくうそうに答えた。

「新しいガーディアンを任命する儀式のことさ。今までにただ一度だけ、S.A.S.D.が設立されたときにしかおこなわれていない。S.A.S.D.とドラゴン協会のすべての会員が招待されているんだから、きっと見ものだと思うよ」

やっと、ドラゴンズブルックが住める状態になった。ベアトリスとぼくはすぐに部屋に慣れたし、トーチャーも、木の扉があるほら穴を新しい巣と決めたようだった。孤児のドラゴンたちを収容できるようになるまでもう少し時間がかかるだろう。ぼくたちのつぎの仕事は、彼らがやってくるまでに厩舎を防炎仕様にすることだった。

ドレイク博士はロンドンからまだ帰ってこなかった。でも、ベアトリスとぼくがドレイク城から帰ってきたときに皆が急にひそひそ話をやめたことからすると、ブライソニアへの攻撃が失敗したあとも、また何かが起こったのは明らかだった。もちろん、ぼくたちは何も知らないことになっていたので、詳しいことは聞けなかった。ドラゴン典礼式についても、これといって新しいことはなかった。

ある晩、ドレイク城からもどってトーチャーが脱皮したドラゴンの皮の切れ端を口にくわえてぼくたちを待っているのを見たときは、ほんとうにびっくりした。

「どこでこれを見つけたんだ？」

ぼくはかがみこんでそれをよく見た。トーチャーは鋭い歯のあいだに獲物をしっかりとつかんでいた。

「君のものじゃないんだね？」

「目が悪いんじゃないの、ダニエル。トーチャーのうろこは赤よ。緑じゃないわ！」

ベアトリスはその皮をよく見て言った。「ドラゴン文字が一面にあるわ。きっとドラゴン協会からのメッセージよ！」

ぼくたちがそんなメッセージを受け取ったのは、これまで一度しかなかった。ドラゴン文字は日の光に当たるとすぐに消えはじめることを、ぼくは覚えていた。

「すぐに読まなきゃ、文字が消えちゃうよ」ぼくはベアトリスを急がせた。

ベアトリスは、トーチャーの口からやさしくメッセージを引っぱりだそうとしたが、トーチャーは離そうとしなかった。でも、ベアトリスに頭をなでられると、トーチャーは目を閉じて頭を後ろにそらし、皮を離した。ベアトリスは注意してそれを開き、大きな声で読み上げた。

クック一家の皆様へ

7頭のドラゴン幹部会より

新しいガーディアン大叙任への立会いとして、ドラゴン典礼式にお招きいたします。私どもはまた、スクラマサックスの子息、トーチャー様のご列席を要望しております。なにとぞご同道たまわりますようお願いいたします。

明日の午後3時にウォーンクリフに到着するよう、出立のご準備をお願いいたします。

その際は、ドラゴンスピードで参られますように。

明日が永遠のようにはるか先に思え、ぼくたちは興奮をおさえることができなかった。

第2章　ドラゴン典礼式

ドラゴンの秘密のすみかを探せ。そう、それが地の奥底であろうとも。そこで彼らは宝物を守り、うろこに覆われたヒナを孵化させているのだ。

――『マレウス・ドラコニス』（ドラゴン・ハンマー）エドワード［世

つぎの日の午後3時少し前に、ベアトリスとぼくは、はやる思いで部屋の窓から空を眺めていた。

「あそこ！」ぼくは叫び、遠くに見える点を指さした。「あれはドラゴンだよね、どう思う？　あの雲の隣、人間の頭のような形があるだろう？」

ベアトリスは、手でひさしをつくりながら言った。「私には鳥に見えるけど。ほんとうにメガネが必要なんじゃないの、ダニエル！」

「おもしろい冗談だね」ぼくは鼻であしらった。
突然、2頭の巨大なヨーロッパドラゴンが――1頭は緑で、もう1頭は金色だった――湿地の向こう側にある木の上からサーッと降りてきて、庭に大きな影を落とした。1頭は、1年前に会ったイドリギアであることがわかった。
「一緒にいるのはだれ？」ベアトリスはいぶかった。
「人間の目に触れないでこんなふうにやってこられるなんて、ほんとうに不思議ね」
ドラゴンたちは、着地しても大丈夫か確かめるように、湿地の周りを旋回した。イドリギアは慣れたようすで家の前に着地した。金色のドラゴンは、イドリギアよりほんの少し小さいだけだったが、厩舎の前の庭に降り立った。ドラゴンたちはそれぞれ、複雑な彫刻が施されたドラゴンの鞍を装着していた。それは、ぼくがそれまで見たことのある革製や木製のものとはかなり違っていた。豪華な宝石がはめ込まれ、腹帯は広い金の留め金で留められていた。まるで何世紀も前につくられたもののように見えた。
「晴れ着を着るのは私たちだけじゃないようね！」ベアトリスは笑いながら言い、階段を1段とばしで下りた。

ぼくたちが庭に下りたとき、ちょうどお母さんとお父さんも来た。イドリギアはすでに鼻をトーチャーにこすりつけていた。

「プライシク・ホヤーリ！」イドリギアはドラゴン語でひと声鳴くと、相棒のほうに頭を傾けた。

「ブライソニアを紹介できることを光栄に思います」

ぼくはびっくりした。これがブライソニアか！　まったく堂々としたドラゴンだった。こんなすばらしい生きものを殺そうなんて、だれが考えられるというのだろうか。

「ブライソニアは皆さんがカンブリアとよんでいるところに住んでいます」イドリギアが続けた。「普通は、ドラゴン語かラテン語しか話しません。しかし、今日のような特別な機会は例外です」

「プライシク・ボヤール」ベアトリスは2頭のドラゴンに礼儀正しくあいさつした。

「エイブ！」ぼくは、寄宿学校のころに学んだラテン語を覚えているのが誇らしかった。

「プライシク・ボヤール！　ずいぶん長い年月、会っていなかったね！」お父さんが言った。

「プライシク！」ブライソニアは金色の頭を少し下げて答えた。彼女の声は少ししわがれていた。たぶんしばらく使っていなかったのだろう。

「年月の経つのは早いものです。神秘といにしえのドラゴン学者協会（S.A.S.D.）は苦手だから、ほとんど人と交わっていないし、自分の考えを述べることもあまりしていません」

金色ドラゴンは、ベアトリスとぼくのにおいをかごうと長い首を伸ばしてきた。熱く硫黄臭のある息がぼくの顔にかかった。大きな輝く目からは感情を読み取ることができなかった。

「この人間の子どもたちがドレイク博士のいちばん新しい弟子ということですか？」

ブライソニアが尋ねた声には、疑問を感じているようすがありありだった。

「あの災難から我々を救ってくれたことには感謝しています。これからも我々をがっかりさせるようなことがないことを希望しますよ」

「あの子たちはまだ子どもですよ。もしあの子たちがあなたをいつも喜ばせなくても、寛大にお願いしますよ」イドリギアはやさしく答えた。

「こんにちは、君たち」ブライソニアはぼくたちのほうを向いて言った。

「君たちの勇敢な働きについては、かねがねうかがっていますよ。イドリギアはあなたたちを信頼しているし、我々は同盟を組めますね」

「ブライソニアと私がここに来たのは、君たちをドラゴン典礼式に連れていくためです」イドリギアは少し興奮しはじめたようだった。

「それでは互いに紹介もすんだので、これ以上遅れないようにしましょう」

ここでお父さんが、イドリギアの背中に取りつけられたやわらかい革製の鞍にベアトリスとトーチャーを持ち上げた。そして前にぼくをすわらせた。ベアトリスはぼくの腰につかまり、トーチャーを二人のあいだでしっかりと押さえた。ぼくたちは飛び上がる用意ができた。

「具合はどうだい？」ぼくたちを見て、お父さんがニコニコしていた。
「いいに決まっていますよ」イドリギアがほほ笑み返した。「この二人用の鞍は特別製ですよ。この鞍は昔、こんな時のためにつくられたのです」
ブライソニアはかがみ込み、お母さんとお父さんが鞍に乗り込めるようにした。
「まるで昔のままですな！」イドリギアが歓声を上げ、大きく背伸びした。森じゅうに響きわたるようにひと声吠えると、こだまが湿地に返ってきた。そして楽々と飛び上がり、雲のかたまりを抜けるようにはばたきながら上昇すると、森とドラゴンズブルックが眼下にまるでおもちゃのように見えた。

3時間ほどたったところで、ぼくたちは原野を横切り、ウォーンクリフに向かって降下していった。ドラゴンはゆうゆうと着地し、ぼくたちは鞍から降りて感謝を述べた。
「イドリギアの頼みとあれば、このくらいは問題ありません」ブライソニアは愛想よく答えてくれた。「ドラゴンスピードで行きなさい」

イドリギアはトーチャーにやさしく翼を伸ばして、招きよせた。

「トーチャーは私と行きます。儀式が始まる前に、彼には教えておくことがあります。あなたたち4人は、神秘といにしえのドラゴン学者協会のほかの会員と一緒に待っていてください」

イドリギアは原野の真ん中に現れた人影を指し示した。その人は、流れるような外套を身にまとい、顔の半分が隠れるまでフードを深くかぶっていたので、ほとんど顔を見ることができなかった。近づくとその人は堂々と立ち、突然、ドラゴンの飾りがついた長い杖を回してぼくたちの行く手をふさいだので、ぼくは思わず飛び上がった。

「待て！　私はガーディアンの部屋の扉の番人だ。ここを通すには、おまえたちが神秘といにしえのドラゴン学者協会の会員だということを確認しなければならない」

彼の声は断固としており、威厳に満ちていたので、ぼくは自分がほんとうにS.A.S.D.の会員だということをもう少しで忘れるところだった。

「ドラゴンが飛ぶときは？」謎かけだった。その声にはなつかしい響きがあったが、ぼくは思い出せなかった。
「それを目で探す」ぼくは力強く答えた。
「では、ドラゴンが眠るときは？」
「眠りの中でその夢を見る」今度はベアトリスが答えたが、その声は少しとまどっているようで、ぼくと同じように感じていることがわかった。
「それで、この謎かけの答えは何か？」
「宝物！」ベアトリスとぼくはほとんど同時に叫んだ。
「おまえたち4人は皆、神秘といにしえのドラゴン学者協会の会員なのか？」
「そうです」今度はお母さんとお父さんが声を出した。
「それでは、ドラゴンの弟子のサインを見せて通りなさい」
かねて教えられていたとおり、ぼくたちは右手で軽くこぶしをつくり、指を1本、地面を指すように伸ばした。フードをかぶった男は後ろへ下がり、ぼくたちはようやくガーディアンの部屋に続くトンネルに入ることができた。フードをかぶった男はあとに続いて中に入り、後ろ手で石の扉を閉めた。それからトンネルの奥深くへとぼくたちを案内した。

「ほんとうに大丈夫かなあ？」たいまつの明かりに照らされた天井のひび割れを心配しながら、ぼくはささやいた。ベアトリスとぼくは前に一度、ドレイク博士と一緒にこのトンネルを通っていた。「前はこのあたりは落石でいっぱいだったよね？」

「ドラゴンたちが全部片づけたのよ。でも、もちろん今は安全よ。もし危険なら、彼らは私たちをここに連れてこないわよ。そうじゃない？」ベアトリスがぼくをたしなめた。

ぼくたちはやっと部屋に着いた。お母さんとお父さんはガーディアンの部屋を訪ねたのは初めてだった。二人が突然ぴたりと止まって息を飲んだとき、ベアトリスとぼくは顔を見合わせてほほ笑んだ。地面に開いた深い穴のちょうど真ん中にある台には、ガーディアンがため込んだ宝物がきらめきを見せていた。

コートを着た男がついにフードを取った。その男が、ドレイク博士のドラゴナリアにいたフライトさんだったのを見て、ぼくは思わず吹き出しそうだった。ドラゴン学についてはしばしばドレイク博士と対立していたが、彼には腹黒いようなところはなかった。
「私たちが最後に到着したようですね？」お父さんが言った。それほど離れていないところに、ドレイク博士とその他大勢が一団となっていた。ドレイク博士の助手であるエメリーと、マドモアゼル・ガメイ、そして彼女の弟のベルナルドがドレイク博士の左側に立ち、ビリー、アリシア、ダーシーは右側に立っていた。もっと先にはドラゴン大臣のチディングフォールド男爵、そして気難しい個人秘書のティブス氏がいて、背が高く人目を引く身なりの男性と静かに言葉を交わしていた。その人の特徴のある白髪と濃いもみあげを見て、ぼくはすぐにそれがだれだかわかった。グラッドストーン首相その人だった！　これはほんとうに特別な儀式なのだ！
「ぼくたちは何かしなきゃいけないの？」ぼくはお母さんに聞いた。
「いいえ」お母さんは指を口に当てながら答えた。「シーッ。始まるわよ」
そのすぐあと、ぼくたちのささやき声は鳴り響く鐘の音でかき消された。そして深くうやうやしい静けさがほら穴を包んだ。すると突然、穴の奥深いところから、雷よりも大きな咆哮がとどろいてきた。その声は徐々に大きくなり、最後には骨まで突き通すようだった。6頭のドラゴンがともに咆哮し、荒々しいコーラスをかもしだしていたのだ。突然、ドラゴンの強烈な炎がほら穴を明るく照らし、ドラゴンたちが現れた。

最初の2頭はイドリギアとブライソニアだとわかった。けれど、ほかは初めて見るドラゴンだった。ほとんどは大人のドラゴンだった。しかし最後の1頭はかなり小さく、6メートルほどの身長で、年齢は30歳ほどだったろう。ドラゴンの標準ではこのドラゴンはまだ若者であり、ヨーロッパドラゴンと違って真っ白い色をしていた。もしフロストドラゴンがイギリス生まれでなければ、ぼくはそれがドラゴン協会に属することも望まなかっただろう。

ぼくはベアトリスをひじで突いて、フロストドラゴンを指し示そうとした。ところが、すぐにぼくの興味は別に移った。というのは、ドラゴンの炎に照らされて、一人の男の影が浮かび上がったからだ。うろこに覆われたドラゴンに比べれば小人のような男は、腕を頭よりも高く挙げていた。まぶしさにだんだん目が慣れてくると、その男はドレイク博士にほかならないことがわかった。博士は、ドラゴン・マスターの証であるドラゴン・アイを高く掲げていた。6頭のドラゴンがもう一度、いっせいに吠えた。

「7頭のドラゴン幹部会に対してだれが証言する?」イドリギアが声をあげた。

「わしがしよう!」ドレイク博士の声が、その場に重厚さと威厳をもたらした。

「先代のガーディアンは殺されて眠っている。古くからの脅威がここにきて増大している。新しいガーディアンがおまえたちの中から選ばれなければならない。私はその証言をするためにやってきた」

「どんな権限によって、あなたは証言するのか?」

「殺されたガーディアンから授けられた、ドラゴン・マスターとしての私の権威と権限によって」

「どんな言葉を使ってあなたはドラゴン・マスターになったのか?」イドリギアが同じように重々しく尋ねると、博士はゆっくり、また明確に述べた。

「ドラコ・ラコ・アコドラック!」

「まちがいないか？」

「あの言葉は敵にもう知られている。変える必要がある」見守る者たちからつぶやきがもれた。

「一つ明らかにしなければならない」イドリギアが言った。

「あなたは儀式で使われる言葉を知っているのか？」

「知っている」

「それでは、前に進んで、それを述べてくれないか、ドラゴン・マスター！」

イドリギアのしっぽがドレイク博士の腰にからみつき、穴の中央にある台の上に持ち上げた。ドレイク博士は宝物の大きなかたまりの頂上に立った。

「7頭のドラゴン幹部会に参加する者はだれだ？」

今や、英語とドラゴン語を使って、ドラゴンたちに質問する責任がドレイク博士の肩にのしかかっていた。それぞれのドラゴンが両方の言葉で答えた。その声はほら穴じゅうにこだまし、ぼくの背骨はピリピリと震えた。

「ケイダー・アイドリスのイドリギア」
「ヘルヴェリンのブライソニア」
「ラス岬のソマーレッド」
「リザードのトレギーグル」
「エイヴベリーのアンブロシウス」
「アングリアのエラスムス」
「そして最後は？」ドレイク博士が呼びあげた。「7頭目のドラゴンはどこだ？」
「7頭目のドラゴンは、ドーノック・ウィルムとして知られる、ベンウィヴィスのスクラマサックスだ」とイドリギアが答えた。
「彼女はここにいないのか？」ドレイク博士は驚いていないようだった。
「来られなかったんだ。ひどい傷を負って、まだ治りきっていないのだ」
「そのような傷を与えたのはだれだ？」
「私だ。私の意志ではなかったが」イドリギアが静かに答えた。まわりがざわめいた。

「彼女の代わりにだれが答える？」
「息子がここにいる。彼が母親の代わりをする」
トーチャーのことだろうか？　ぼくは信じられない思いで聞いていた。ぼくたちの赤ん坊ドラゴンが、ドラゴン典礼式の重要な役割を担うことになるなんて！
「それではその子に前に出てもらおう！」
ぼくはベアトリスの方を向いた。彼女もぼくと同じように、びっくりしていた。
トーチャーはほかのドラゴンの後ろから小走りで前に出てきた。体格では仲間からはるかに見劣りしても、彼はまったく落ち着いているように見えた。それを見つめるベアトリスとぼくは、誇らしい気持ちでいっぱいだった。
「名前は何という？」イドリギアが尋ねた。
「トーチャー！」ぼくたちの赤ん坊ドラゴンは、自信たっぷりの声で答えた。
ぼくはゴクッとのどを鳴らし、ベアトリスをもう一度見た。
「トーチャーは自分の名前は言えなかったはずだよ。イドリギアがトーチャーに教えたんじゃないかな？」

「シーッ」お母さんがぼくに怖い顔つきをして見せた。

「ようこそ、ドラゴンズブルックのトーチャー」イドリギアが続けた。

「ガーディアンと、殺されたドラゴンたちの名のもとに、いにしえよりの人間とドラゴンのあいだの契約によって、おまえはこの幹部会に加わると誓うか？　そして必要とされるときには意見を述べ、母親が治るまでその代理として合法的な審判に従うか？」

「ソォーッ！」トーチャーは、ドラゴン語で「はい」を意味する言い方で堂々と答えた。

「ドラゴン・アイの保持者であるドラゴン・マスターを支援すると誓うか？」

「ソォーッ！」

「ドラゴン・マスターの弟子たちを支援し、力の限り彼らに教えると誓うか？」

「ソォーッ！」トーチャーの声は一言一句はっきりと響いた。

つぎは、もう一度ドレイク博士が大人のドラゴンたちに向けて言葉をかける番だった。

「トーチャーを君たちの一員として受け入れるか？」

6頭すべてがいっせいに声を上げ、同意を示した。「ソォーッ！」

「それでは、ドラゴンズブルックのトーチャー、6頭とともに炎を吐くのだ！」

ドレイク博士は得意満面だった。ドラゴンたちから7本の炎が吹き出され、ドレイク博士の頭上に炎の虹を描いた。博士はドラゴン・アイをもう一度掲げ、それに炎の明かりを反射させた。それによって、ドラゴン・アイは星のきらめきのように輝いた。

「これで7頭になった」ドレイク博士は言った。「ガーディアンになるのはだれかね？もう選出されているのか？」

「選出はずっと昔になされている」ブライソニアが答えた。「幹部会の承認の下に、前任のガーディアンは弟子（アプレンティス）をとり、自分の術を伝えることで、自分が死んだあとでも知識がすたれないようにするのだ」

「では、弟子は進み出よ！」

イドリギアがドレイク博士に向かって一歩進み出た。彼は頭を後ろに振り、雄叫びをあげた。それは以前に一度だけ聞いたことのある種類の雄叫びだった。死にゆくウォントリーダム、つまり前のガーディアンがイギリスじゅうのドラゴンを招集して、自分を守ろうとしたときだった。腹からしぼり出されるような大きな音で周囲の空気を震わせた。ほら穴の石の壁を通して、外にも聞こえるに違いないと感じられるほどだった。

「それは私だ！」イドリギアは叫んだ。

ぼくたちがよく知っているドラゴンがそのような名誉にあずかるなんて、とても信じられなかった。ぼくは拍手をするか、「おめでとう！」と叫びたかった。しかし、ほら穴じゅうがシーンと静まり返る中、ドレイク博士が言葉を続けたので、ぼくは興奮を自分の胸の内にとどめなければならなかった。

「ガーディアンの身分について、おまえはどのような言葉をもって申し立てるのだ？」博士は叫んだ。

「かつて秘密とされ、今はここにいる皆が知るべき言葉、すなわち、カルドカ・オカール・オカールドだ！」イドリギアが答えた。

「汝は、600年以上前に人間とドラゴンのあいだに結ばれた厳粛なる協定を守ると誓うか？」

「ソォーッ（sssorrr）！」イドリギアが答えたｒの発音は印象的だった。

「汝は、人間とドラゴンが平和に共存できるように、どちらも守ると誓うか？」

「ソォーッ！」

「汝は、７頭のドラゴンたちに振り分けられた宝物を守り、ドラゴン・アイのガーディアンとなると誓うか？」

「ソォーッ！」

イドリギアに対する質問はこれで終わった。ドレイク博士は、残った６頭のドラゴンに話しかけた。その中には、こっけいなほどまじめくさった小さなトーチャーもふくまれていた。

「前任のガーディアンをいたむために集まったドラゴンたちよ、ともに、新ガーディアンを歓迎するのだ！」

「ソォーッ！」「ソォーッ！」「ソォーッ！」

「由緒ある『ドラゴン協会』のメンバーたちよ、汝らの牙と爪にかけて、汝らの角と熱きドラゴンの炎にかけて、この判断に従うか？」

「ソォーッ！」「ソォーッ！」「ソォーッ！」

最後は答えに明るい響きが感じられ、ぼくたちは一安心し、儀式がもうすぐ終わることを感じた。

最後はぼくたちの番だった。ドレイク博士は言った。

「人間たち、『神秘といにしえのドラゴン学者協会』の会員とその弟子たちよ、汝らの頭と手にかけて、汝らの理性と意志にかけて、この判断に従うか？」

ぼくたちは精いっぱいの声でともに叫んだ。

「従います！」「従います！」「従います！」

「いざ、ガーディアンに栄えあれ！」

「ガーディアン、万歳！」ぼくたちは声をそろえた。

儀式は終わったが、そこで見たすべての光景に、ぼくの心臓はまだ高鳴っていた。

第3章　ドラゴン学者の晩餐会

信頼の置ける者たちを、秘密裏に幹部会に送り込み、ドラゴン学者たちのたくらみを明るみに出すのだ。ドラゴンを愛するそぶりを見せ、ドラゴン界をどのように衰弱させることができるかを学ぶのだ。

――『マレウス・ドラコニス』（ドラゴン・ハンマー）エドワード一世

ぼくたち家族がトンネルから出ようとしていたとき、ドレイク博士は7頭のドラゴンたちとまだ話し込んでいた。ぼくたちは馬車で晩餐会に連れていかれた。

聞きたいことが山ほどあった。しかし、さっきまでのドラゴン典礼式のことが頭の中でぐるぐる回っていたので、古い屋敷に到着するまで、ガラガラと走る馬車から、そこかしこに明かりが燈る夕やみの田舎のようすをただぼうっと見ていた。

「あれっ、ここはどこなの？」ぼくは聞いた。

お父さんは大げさに腕を広げて言った。

「ダニエルとベアトリス、ウォントリーホールにようこそ！」

今度は笑いながら、そこがどこだか説明してくれた。

「この屋敷は建てられてから100年以上たつ、ジョージ王朝時代の代表的な建築だよ。私たちはジェイコブ・モレリー将軍のゲストなんだよ。彼はチディングフォールド男爵の旧友で、S.A.S.D.の長年にわたる会員なんだ」

「あの人がジェイコブ卿なの？」正面玄関前の石造りの階段の上に堂々と立っている制服の男の人を指さしながら、ベアトリスが尋ねた。

「いいや、あちらは執事だ」お父さんが笑いをおさえながら小声で言った。

「人を指さすものではないわ」お母さんはまじめな顔をして言った。「中に入ったら言葉づかいとお行儀に気をつけてね。正式な晩餐会なのよ」

「ぼくたちが食事しているあいだ、ドラゴンたちは何をするの？」

「ドラゴンたちも晩餐をとるんだよ」お父さんが答えてくれた。

「ドラゴンもお行儀よくするってわけね」ベアトリスはやっぱり皮肉屋だ。

馬車から降りて階段を上るとき、まるで貴族が到着したように、執事がぼくたちの名まえを呼びあげた。豪華な正餐室へ足を踏み入れると、部屋を明るく照らし出す大きなシャンデリアがあり、天井には、中国の龍の絵が鮮やかに描かれていた。

長い晩餐のテーブルに名札を探していたら、ダーシーやビリー、アリシアたちの近くにすわれることがわかってホッとした。チディングフォールド男爵やグラッドストーン首相の近くの席だったら、緊張して何も話せやしないだろう。

晩餐会の準備はできていた。どうやらコース料理らしい。

「あんなにたくさんのナイフやフォークが必要なの？」それだけでも冷汗ものだ。

ベアトリスがため息をついた。「私を見て真似するのよ」と言い、まるでいいところのお嬢さんのように席ですましていた。

しばらくして、ビリーたち3人が合流すると、ぼくたちはおしゃべりし始めた。でも、ベアトリスとアリシアは、隠しごとがあるみたいにこそこそ話している。それに気づいたビリーが一言、「君たち！」とくぎをさして、首を左右に振った。

長い晩餐のテーブルははだんだんと埋まってきた。ぼくはあまりにも大勢の人が到着するので驚いた。

「S.A.S.D.にこんなに多くの会員がいたなんて、知らなかった！」

「だれか知っている人いる？　ビリー」

「有名な人たちは知っているよ。みんな家に来たことがあるからね」ビリーはさも当然とばかりに答えた。

ベアトリスと話していたアリシアが、ふと顔を上げて言った。

「ビリーに話させないで！　調子に乗って止まらなくなるわよ」

「だれもおまえの言うことなんか聞いちゃいないよ、アリシア」ビリーはムッとしながらダーシーとぼくのほうに向いた。

「チェック柄の上着を着ておしゃべりしている人を見てごらん。あの人はエジソンといって、有名なアメリカの発明家だよ。いちばん有名な発明は、蓄音機とかいったかな。

ドレイク博士は、それで野生のドラゴンの声を保存しようとしているんだ。そのうち学校で聞くことができるかもしれないよ」

最初、ぼくはビリーがいいかげんなことを言っているのだと思った。

「紙に書くことなしに、どうやって声を保存するっていうんだい？」

そう言いながら、ぼくは思った。ついこのあいだまで、ドラゴンが生きているってだれかが言ったら、ぼくは大笑いしただろう。

「ぼくに聞かないで。知らないんだから！」ビリーも笑った。

「ああ、今度はお父さんが話している人を見てごらん！」

ダーシーとぼくは顔を見合わせた。

「わからないのかい？」ビリーは自慢げだった。でもぼくは気にしなかった。そんなすごい人たちにお目にかかったことがないのは当然だし、だれがだれだかを教えてくれる友だちが近くにいてくれることに感謝したいくらいだ。

「あちらは、ヘンリー・モートン・スタンリー」ビリーは続けた。

「ええっ！　アフリカでリヴィングストン博士を見つけた、あの人なの？」これじゃ、ぼくは自分が無知であることを証明しているようなものだ。

「そうだよ。でもそれだけじゃないよ。知らないと思うけど、あのジャマールの卵がンゴロンゴロ盆地から来たんじゃないかと、ドレイク博士に意見を言った人でもあるんだ。君がドラゴンを使ってジャマールの卵を故郷にもどし、彼が正しいことを証明したら、ほんとうに喜ぶと思うよ」

「ほんとに彼なの？」ぼくは口元を緩めたけれど、物足りなさを感じはじめていた。

「だれもぼくたちに話しかけてくれないよ」でも混み合った人たちを見ていて、なんとか気がそらされていた。

「角にいる男の人は？　ほら、きれいな色のネクタイをしている人」ダーシーが尋ねた。

「ああ……。リチャード・オーウェンさ。自然歴史博物館の設立者だね」ビリーは、さらにもったいぶって言った。

「はい、はい。恐竜という呼び方を考え出した人だね」

ビリーは、ぼくがそんなことを知っていると思わなかったはずだ。ぼくは気取った笑みをおさえようとしたけど、ダーシーに気づかれた。彼も同じ笑みを浮かべていた。

「そのとおり！」ビリーはのんきに続けた。「彼は、絶滅したドラゴンについてドレイク博士が調査するのを助けているんだ。二人は、ドラゴンの遺物を自然歴史博物館で展示すべきかどうか議論していたんだ。オーウェン氏は賛成だったけど、ドレイク博士は、時期がよくないと言ったんだ」

「それを君は、ブライソニアが攻撃されたことが理由だと思っているのかい？　君とアリシアはすべて聞いているんじゃないの？」

ぼくは、ビリーの専門的な意見がぜひ聞きたかった。

「確かに小耳にはさんだよ。でもまだ正式には何も聞いていないのさ」のけもの状態にされている点については、ビリーもぼくらと同じだった。

「うわさがあちこちで飛びかっているんだ。でも確実にわかっているのは、ブライソニアとソマーレッドの両方が攻撃されているということだけだよ」

「ソマーレッドが攻撃されているって？」ぼくはショックを受けた。「ブライソニアのことは聞いていたけど……」

「ソマーレッドは大丈夫。でもブライソニアはまだ動揺している。きっと、ブライソニアのすみかの近くで見つかった指輪に関係しているんじゃないかな」

「悪のドラゴン結社の指輪のこと？」ぼくは尋ねた。今度はビリーも興味を示した。

「シーッ！　その言葉は聞きたくないよ。いったいどうやって指輪のことを？」

「ぼくだって目と耳があるからね」ぼくはけろりと答えた。

ビリーが続けた。「ティブスさんは、すべてドレイク博士の失敗だって言っている。攻撃はアレクサンドラとイグネイシャスの仕業にちがいないって。ドレイク博士が彼らにもっと気をつけるべきだったってね」

気がつけば、ベアトリスとアリシアがいつの間にかぼくたちの話に聞き入っていた。ベアトリスはまちがいなく怒っていた。

「つい1年前、ティブスさんはあの二人に同調していたじゃない。信じられない！」

「確かに、ドレイク博士もティブスさんにはお手上げみたいだね」これはぼくの意見。
「とにかく、イグネイシャスは死んだんだよね？」ダーシーは少し声を張り上げた。
部屋の中が急に静かになり、だれかが後ろに立っていることに気づいた。ベアトリスがはじかれたように立ち上がり、あわててひざを曲げて礼をしている。まずい！　まちがいなく重要人物だ。
振り向くと、グラッドストーン首相がちょうどぼくの後ろに立っていた。ぼくは椅子からはね上がると、低い姿勢でおじぎした。
「うわさどおり、好青年と素敵なお嬢さんですな」首相はぼくたちをまっすぐ見て言った。「クック姉弟と言葉を交わすことができて光栄に思いますよ」
ベアトリスはもう一度礼をした。
「私がだれだかご存じかな？」
「はい！」二人で声をそろえて言ったとき、ぼくは気まずくてほおが紅潮していた。でも信じられないくらい誇らしかった。首相がぼくたちに会うのが「光栄」だなんて。

首相はにこやかに言った。「ドラゴンたちが恐ろしい危機から脱するのに、大いに力を発揮してくれたことは、喜ばしい限りですな。ドラゴンについては大っぴらにできないのが残念ですが、普通であれば、君たちの活躍は広く世間に知られるべきですよ」

「ありがとうございます」ぼくはそう答えるのが精いっぱいだった。

首相は軽く会釈した。

「これは内々のこととご承知おきいただきたいのですが、女王もあなたたちの活躍をすべてご存じです。陛下は、ドラゴンの世界で何が起きているのか、時折個人的にお聞きになります。自分の興味をあからさまにされることはありませんが、とにかくお二人に、くれぐれもよろしくとおっしゃっていますよ」

グラッドストーン首相は背筋をしゃんと伸ばし、よく通る声で言った。

「ところで、あなたたちが面倒を見ているドラゴンの赤ん坊はいかがですか？　名まえは何と言いましたかな？」

「トーチャーといいます」ベアトリスが答えた。

「ああ、そう、トーチャー。彼には会ったことがあります。ドラゴン典礼式のときは立派にやりましたね。あなたたちは、トーチャーとともにほんとうに見事な活躍をされた。これからもすばらしい働きを続けてください！」

「ありがとうございます」ベアトリスは優雅に答えた。

少しのあいだ、ぼくは口をきくことができなかった。やっとのことで出てきた言葉は、自分のものとは思えなかった。

「失礼ですが、質問を一つ、させていただいてもよろしいでしょうか？」

「もちろんかまいませんよ！」首相は笑顔のままだった。

「悪のドラゴン結社は復活したとお思いですか？」

大勢の客の前でなぜこのようなことを言ってしまったのだろう？　部屋のあちこちで息を飲む音が聞こえた。首相の顔も見る間にこわばってきた。最悪なことに、お母さんのゾッとしている顔が視界に入ってきた。

グラッドストーン首相は軽くせきばらいすると、ていねいに答えてくれた。

「そうですな、最近あり得ないような出来事がありましてな。うん、まったくあり得ない。ただ、今のところは、それについての見解を述べるのは、ドラゴン・マスターに譲ることにしましょう。きっといつか、彼から話してくれますよ」

首相は、テーブルのいちばん向こうの席にもどった。ちょうどそのとき、後ろの二枚扉が開き、ドレイク博士が入ってきた。

執事の声が部屋じゅうに響きわたる。「ご起立のうえ、神秘といにしえのドラゴン学者協会、S.A.S.D.のドラゴン・マスターであられるドレイク博士のために、グラスをお持ちください」皆いっせいに席から立ち上がり、グラスを掲げた。ドレイク博士は首相とチディングフォールド男爵のあいだに席をとり、グラスを掲げた。

「乾杯のあいさつをさせていただきます。新たな危険が迫る今日においても、人間とドラゴンとのあいだのいにしえからの協定が絶えることのないように！　そして、新しいガーディアンであるイドリギアに！」

「いにしえからの協定に！」ぼくたちは言葉を繰り返して、隣の人と乾杯した。

「新しいガーディアンに！」

「さあ、さあ、食べるとしよう！」博士はようやくリラックスしたようだった。

それを見て、ぼくもお腹がペコペコなのに気づいた。はやる思いで着席すると、ベアトリスが冷たい視線を向けてきた。

「ダニエル、私たちは悪のドラゴン結社について知らないことになっているのよ。どうして秘密をばらすようなことを言うの？」

「思わず口から出てきてしまったんだ。ごめんなさい」

ぼくはさっきの会話を続けたくて、ビリーのほうを向いた。

「白ドラゴンについて何か知ってる？」

「エラスムスのこと？」

「そう。どうしてエラスムスは白いんだろう？　フロストドラゴンはドラゴン協会の会員になることを許されたの？」

もう晩餐会の堅苦しいやり取りはすんだようだった。ぼくは答えが欲しくてしようがなかった。

「エラスムスは混血なんだ。父親はスピッツと呼ばれるフロストドラゴンで、母親はブライソニアなんだ」

「ブライソニアはヨーロッパドラゴンよね。それでも、ほかのフロストドラゴンのように、エラスムスも渡りをするの？」ベアトリスが尋ねた。

「いいえ、エラスムスはここに住んでいるわ。極地は寒すぎるって。でも、彼は父親の白いうろこを受け継いでいるし、炎を吐かずに氷を吐くわ」アリシアが答えてくれた。

「彼と話したことがあるの？」ぼくはあこがれの気持ちで聞いた。

「ええ、話したわ。でもエラスムスはすごく横柄な感じなの。それに、ドラゴン協会の幹部会に招集される前は、彼はずっと人間を避けてきたわ」

ぼくが別の質問をしようと口を開きかけたとき、ビリーが身振りで静かにするように言った。召使が、ローストビーフの大皿を持ってテーブルの周りをまわっていた。

「召使はドラゴンのことを何も知らないかもしれないだろう！」

ぼくたちは、おいしそうなローストビーフにグレービーソースがかけられて、温野菜が添えられるのを待っていた。召使が去ったあと、ビリーは肉を一切れ持ち上げたが、失敗してフォークから落としてしまった。ビリーは苦笑いしながら、「ドラゴンも自分たちの晩餐でこんなことをするんだろうね？」と言った。「肉が生の場合だけだけどね。それも最高の」それを聞いて、アリシアは自分の皿を押しやった。

「やめてよ！　食べられなくなるじゃない」

「それで？　エラスムスについて続きは？」いっぱいのごちそうをガツガツと口に放り込みながら、ぼくはビリーに尋ねた。

「そう、そう。理解できないのは、なぜイドリギアが自分の新しい弟子（アプレンティス）としてエラスムスを選んだかということなんだ」とビリー。

「アプレンティス？」ベアトリスは野菜でのどを詰まらせながら、しどろもどろに聞いた。

「そうさ。イドリギアがガーディアンになったということは、アプレンティスを訓練しなければならないということさ。だから今回選ばれたエラスムスは、今までよりもっと横柄になってしまったというわけさ」

食事が一段落すると、ドレイク博士がグラスをナイフでたたいて静粛にするように呼びかけ、立ち上がった。

「しばらくお耳を傾けていただけますように。悲しいことをお伝えしなければなりませんが、ちょうど今、ドラゴンの世界で憂慮すべき出来事が起こっています。今日はここに、神秘といにしえのドラゴン学者協会の会員が勢ぞろいしているので、私は首相と合意のうえで、この機会を利用して根も葉もないうわさのいくつかを断ち切り、我々の今の状況を説明しようと思います」

ドレイク博士とグラッドストーン首相は目くばせをし、互いに優雅にうなずいた。

「皆さんのほとんどはご存じかと思いますが」ドレイク博士は続けた。「ドラゴン協会のメンバーに対するひきょうな攻撃が2度ほどありました。攻撃は成功しませんでしたが、どちらのケースでも、ドラゴン文字が刻まれた指輪が発見されたのです。ほとんどの方はそれが意味するところをご理解いただけるものと思います」

低い声がさざ波のように部屋に広がった。その中には確かに、悪のドラゴン結社という言葉が何度かとびかった。

皆が静まるのを待って、ドレイク博士は言った。

「その脅威を、我々は悪のドラゴン結社という名称で呼ぶべきでしょう」

皆一斉に息を飲んだ。つぎの瞬間、1脚の椅子によってピカピカの床にキーッと大きな音が立てられた。

「失礼ですが、私は賛成しかねる！」ティブスさんがすっくと立ち上がった。顔は怒りで真っ赤だった。

「悪のドラゴン結社とはね！　あの裏切り者のドラゴンの殺し屋たちは、数百年も前に死んでいるのですぞ。今回の攻撃の首謀者がだれかなどということは、皆うすうすおわかりでしょう。それと申し上げにくいのですが、ここにおいでのドラゴン・マスターに少なくとも責任の一端がありますな」

ティブスさんはドレイク博士を非難するように指さした。すると、今度はチディングフォールド男爵が立ち上がった。

「ちょっと待ちなさい、ティブス！　今はそんな内輪もめをしている場合ではない。我々が必ずしもドレイク博士と見解が一致しているわけではないことはわかっておる。しかし、ここ最近の出来事についての彼の対応はまちがっていない。そのうちのいくつかが彼のミスによるものなどと、よくも言えたものだな？」

「まったく簡単なことですよ。はるか昔に死んだ敵を生き返らせる必要なんかありません。例の二人の悪党が、S.A.S.D.を目の敵にしているんです。二人とも、アーネスト・ドレイク氏がしでかした失敗のために、協会から逃れた者たちです」

「アレクサンドラ・ゴリニチカと、イグネイシャス・クルックのことを言っているのかね？」チディングフォールド男爵はげんなりしながら言った。

「続けさせていただいてもよろしいでしょうか？」ドレイク博士の提案に男爵はうなずき、席に着いた。さらにティブスさんにも同じようにするよう身振りで示した。ティブスさんはものすごい形相のまま、やっとのことで着席した。

ドレイク博士が続けた。
「さて、ロシア人のドラゴン学者であるアレクサンドラ・ゴリニチカが、ずっと逮捕をまぬかれていることは事実です」
「あなたは、彼女が宏偉寺の戦いから生きのびたことを知っていたのですか？」グラッドストーン首相が言葉をさしはさんだ。
「確かに。ここにいるエメリーが、ノルウェーにいるゴリニチカや、パリにいる相棒のシャドウェル、カナダ北部のツングースドラゴンの大軍について、確実な目撃情報をリストアップしてくれています。
私は、ゴリニチカが真人間になろうと考えているなどと思っていません。大方、自分の傷を癒し、ドラゴン軍の兵力を立て直すために一度撤退したといったところではないでしょうか？
あの頑迷なゴリニチカが、世界征服の野望を簡単にあきらめるはずがありません。彼女はドラゴンを洗脳する手段を持っていますし、抹殺したいと思えば、ダイナマイトなどよりはるかに効果的な方法があります。今回の攻撃は彼女のやり方ではありません。ゴリニチカが彼らと何らかの関係を持っているとは思えません」

ささやき声がもう一度部屋に広がった。ぼくはじっと聞いていたが、少なくとも、ぼくたちがそのような話を聞くに値する存在だと見なされていることがうれしかった。

博士がせきばらいして話を続けると、部屋は再び静けさに包まれた。

「もちろん、ゴリニチカがS.A.S.D.が経験した中でも最も重大な脅威となっていることを私は承知しています。彼女はまだ盗んだ宝物のいくつかを手にしています」

「イグネイシャス・クルックについてはどうなのかね？」ティブスさんが腹立たしげに割り込んできた。「やつが攻撃の背後にいる可能性はないのかね？」

「イグネイシャス・クルックは死にました」とドレイク博士。部屋が再度静まり返る中、ティブスさんだけがあからさまに不平をつぶやいていた。博士を信用していないのは明らかだった。

「死んだって？」口火を切ったのは首相だった。「どのようにして？」

ドレイク博士は説明を続けた。それによると、イグネイシャスはドラゴンの失われた島を探し出すことを計画していた。そして求めていたものを見つけたようだ。島はどうやら大西洋のどこかにあるらしかった。彼の悪事の相棒であるヘゼキア船長とかいう男がクルックを島に連れていったのだが、その船長はあとになって、ヴァージニアの海岸に流れ着いた、火事で焼けた自分の船の中で、精神がおかしくなり、大やけどを負った状態で発見されていた。

もちろんのこと、彼が話すドラゴンの物語を信じる者はいなかったが、新聞社がそのニュースを記事にすると、ドレイク博士の親友であるノア・ヘイズが、ヘゼキアが死ぬ直前に彼を訪ねた。

「ヘゼキアは何を見つけたというのかね?」チディングフォールド男爵が尋ねた。

「彼の証言が信用できればの話ですが、ヘゼキアは、強いドラゴン、つまりアンフィテールが島にいたというのです。ヘゼキアは自分の船で逃げようとしたときに、イグネイシャス・クルックがドラゴンの炎で焼かれたのを見たそうです」

「今回、イギリスのドラゴンたちへの攻撃がイグネイシャスとアレクサンドラとでなされたものでなかったら、ドラゴンのすみかがどこにあるのかの情報は、この部屋の中の別のだれかからもれたことになる！」グラッドストーン首相がいっそう大きな声をあげた。

会員たちは互いに疑わしげな視線を泳がせた。

「この中に裏切り者がいるというのか？」チディングフォールド男爵が大きな声をあげ、こぶしを宙に振りかざした。

「悪のドラゴン結社のメンバーでしょうか？」

この一言を皮切りに、客たちの興奮が一気に高まり、いっそう騒がしくなった。

「たわ言を！」ティブスさんの叫び声が騒ぎを切り裂いた。「ドレイクの馬鹿話などに耳を貸すんじゃない。悪のドラゴン結社は復活などしていない。もっとまともな説明があってしかるべきだ！」

「今は議論するときではありませんよ、ティブスさん！」今度はドレイク博士が声を荒げ、目の前のテーブルにこぶしをたたきつけた。

「必要なときにドラゴンたちを保護するために、私たちは協定の条件を尊重しなければなりません。7頭のドラゴンそれぞれのほら穴へのトンネルを見張るために、志願者を送ろうと思います。恐ろしいのは、悪のドラゴン結社が宝物を取りもどしたいと思っているかもしれないということと、私たちにはそれを止めることができないということです。残っているS.A.S.D.の宝物を守るためにも、何とかしなければなりません。後ろで操るのがだれであろうと、攻撃を止めてみせます！」

ドレイク博士に大人たちは拍手喝采し、子どもたちはスプーンでテーブルをたたいた。ドラゴン学者の晩餐会は、何回かの乾杯で終わりに近づいた。今日は、異例づくしだったし、最後は不穏な雰囲気がただよっていた。ぼくたちは皆ドラゴン幹部会のことを心配し、つぎに何が起こるか、ただ恐ろしかった。

第4章　エラスムス

ドラゴンを守る者たちを見つけだし、こう呼ぶのだ。オオカミ野郎と！
彼らは、我々の探求と王国に対する裏切り者なのだ！
――『マレウス・ドラコニス』（ドラゴン・ハンマー）エドワード一世

翌朝ドラゴンズブルックにもどり、ベアトリスとぼくはすぐに部屋に入った。ドレイク博士はぼくたちに、ドラゴン幹部会について、新鮮な記憶があるうちに、目撃者としての証言を書くように申しつけた。でも、ぼくはそれに集中することができなかった。午後までにぼくが書けたのはたった5行のつまらない報告だけだった。肩越しに見ると、ベアトリスが書いたのも大して変わりなかった。

互いに言葉を交わす必要はなかった。ぼくたちは同じ疑問を考え続けていたんだ。お父さんとお母さんはドラゴンを保護するというドレイク博士の呼びかけにこたえて、志願者に加わるのだろうか？　どちらもその話題を切り出せなかった。

午後遅くになって、お母さんが呼びに来た。「ベアトリス、ダニエル。あなたたちに話があるの」ぼくたちは聞かなくてもわかっていた。

「どれくらい長くなるの？」そう尋ねたベアトリスの目には、涙があふれていた。

「わからないわ」お母さんは腕をぼくたちに回してくれたものの、その目は沈んでいた。

「お母さんと私は、コーンウォールにいるドラゴン、トレギーグルのすみかへの入口を見張るように言われているんだ」お父さんが説明してくれた。「行かなくちゃならないんだ。私たちの義務だからな」

「連れていって！　何でもするから、お願い、あの学校にもどさないで！」ベアトリスが叫んだ。

「見張りだってできるよ。でなければ伝言係だっていいよ。トーチャーだって役に立つよ」ぼくも必死だった。でも無駄だった。

「残念だけれどね……」お父さんはぼくたちの目を見ようとしなかった。でもふいに頭を上げると、テーブルをこぶしでドンとたたいた。

「おまえたちを寄宿学校にもどすなんてことはしないよ。トーチャーには世話をしてくれる人が必要だからね」

「じゃあ、だれがお父さんとお母さんの世話をしてくれるの？　とっても危険なはずよ。だれがドラゴンを襲うかわからないんだから」ベアトリスはほとんど泣いていた。

「お母さんと私は安全だよ」お父さんはベアトリスの頭をやさしくなでた。

「私たちに何か起こるようなことは、ドレイク博士が絶対にさせないさ。できる限り用心するよ。でも覚えていてほしいんだが、危険なのはドラゴンたちで、私たちじゃないんだ。私たちは彼らを守ると誓ったんだ。彼らには今、私たちの助けが必要なんだ」

お母さんがほほ笑んだ。

「とにかく、今回はコーンウォールに行くだけで、インドに行くわけじゃないわ。それにもう、私たちがいないあいだ二人がここにいられるように準備はすませたの」

「ええっ？　ぼくたちだけで？」ぼくはよく考えずに口走ってしまった。でも、以前休暇を過ごしたことのある、あの退屈なアルジャーノン叔父さんのところに行くより、ここにベアトリスと二人でいるほうがはるかにましだった。

お母さんは、ぼくたちが安全であることを説明してくれた。そのために、ぼくたちの準備をしてくれたんだ。ダーシーが来て泊まることになっていた。彼はぼくたちの食事をつくり、肉屋でトーチャーのための肉を用意してくれるだろう。両親は、ぼくたちが必要なものを買うためのお金をくれるだろう。それに、何かニュースがあったらすぐに電報を打ってくれるだろう。

お母さんが計画の説明を終わるころ、両親の荷物を運ぶためにドレイク博士の馬車が到着した。博士は見渡すと、「お客さんはまだ着いてないのかい？」と尋ねた。

「ダーシーのことですか？」ベアトリスがまごつきながら聞いた。

「いやいや、ダーシーではないよ」ドレイク博士は謎めいた答え方をした。

「それではニーアですか？」ベアトリスの言葉には期待がこめられていた。ニーアは、イグネイシャスの死をアメリカから伝えてくれたドラゴン学者ノア・ヘイズの娘だ。ベアトリスは前の年に、ニーアと友だちになっていた。ところが、ベアトリスはがっかりする羽目になった。

「残念ながらニーアでもない。まあ、楽しみにしておいてくれ」博士は少し口を引きつらせて答えた。

「でも覚えておいてほしいんだが、君たちの手に負えない問題にぶつかるようなことがあったら、S.A.S.D.本部のだれかが常に私に知らせてくれるからね」

「それがもしティブスさんだったら、どうなるんですか？」ぼくは、晩餐会でのティブスさんのふるまいを思い出しながら、博士に聞いてみた。

「君たちが彼を心配させたりしたわけじゃないだろう？　でも、どうしても彼と話したくないというのなら、伝言係はフライトさんに頼もう」

ドレイク博士はそれ以上、秘密の客について話すことはなかった。ぼくも、両親が出発するのを手伝うのと、お別れを言いたかったのとで、ほとんど忘れていた。博士と両親が出発して間もなく、夕刻の早い時間に、ベアトリスがそれを思い出させてくれた。
「お客さんだと期待させて、だれだか知らせないなんて、ドレイク博士は意地悪ね」
「ぼくはとても楽しみだよ」いろいろ想像して、ぼくはニヤッと笑った。「でも、だれだかわからない限り、お客さんへの準備をすることはできないね。それじゃあ、待つ時間を利用して、『S.A.S.D.の歴史』から悪のドラゴン結社について何か見つけられないか、やってみるのはどうだい？」
ベアトリスからとくに提案がなかったので、ぼくはお父さんの本棚から分厚い本を取りだして机の上に置いた。ページをめくるのがもどかしかった。
「見て、ここ！」読みはじめると、ベアトリスが肩越しにのぞきこんできた。

悪のドラゴン結社の創始について

１２７９年、エドワード一世の十字軍の同僚であったノースアンバーランド伯爵が、シビオット・ヒルズに住んでいたアルバという名のヨーロッパドラゴンのすみかを急襲する作戦を率いた。

伯爵は若く、ドラゴンのやり方に精通していなかったうえ、アルバの火炎による反撃への備えをしていなかった。何頭ものドラゴンが死に物狂いで伯爵のバンボロー城を攻撃してきたのだ。伯爵は精いっぱい戦ったが、アルバを打ち負かすことができなかったため、エドワード一世に援軍を求めざるを得なかった。

王は、セント・ジョージに師事した第一級のドラゴンの殺し屋として知られているが、アルバへの攻撃の際にひどいやけどを負って間一髪で逃れた。

自分自身の失敗に怒り狂った王は、王国内のすべてのドラゴンを殺りくする命令を発し、1281年に悪のドラゴン結社騎士団を創設した。この命令は、彼が自ら著したマレウス・ドラコニス、すなわち「ドラゴン・ハンマー」と題された書簡によって発布された。悪のドラゴン結社の騎士たちは、擁護者であるセント・ジョージにならって、ドラゴンを1頭残らず王国から駆逐するまでは休息を取ることはないとの誓いを立てた。

ベアトリスはあまりの恐怖に思わずあえぎ、「ひどいものね！」と叫んだ。
「でもいったいだれが、現代でもこの誓いを続けようとしているの？」
ぼくはその質問を宙ぶらりんにしたまま、読み進めた。

そのとき以降、悪のドラゴン結社騎士団はイギリスのドラゴンたちを大いに殺りくした。その際、通常の武器ではなく、エドワード王がパレスチナへの第９回十字軍遠征からの帰路にアレッポで手に入れた強力な武器を使ったのである。それには、有名な「ドラゴンのかぎ爪」と「セント・ジョージの槍」がふくまれていた。

「どっちもS.A.S.D.の宝物じゃないか！」ぼくは大声を出した。
「それじゃ、協会は悪のドラゴン結社からどうやって手に入れたの？」ベアトリスは肩をすくめ、今度は自分で読み進めた。

悪のドラゴン結社騎士団はこの武器を、ドラゴンたちと、ドラゴンについて学び助けようとしたドラゴン学者に向けて、最も残酷な方法で使った。

ベアトリス・クロークと息子のダニエルは、スコットランド王ロバート一世の王宮への大胆な飛行のあと、秘密裏にウォーンクリフにもどり、多くの勇気あるドラゴン学者たちとともに「神秘といにしえのドラゴン学者協会（S.A.S.D.）」を組織した。

ドラゴン協会を組織した知識豊かなドラゴンたちとS.A.S.D.の間で相互扶助の協定が結ばれ、悪のドラゴン結社騎士団の脅威に対抗し、その指令が打ち砕かれたあかつきには、そのような邪悪な行為が二度と繰り返されないようにする、と取り決められた。

悪のドラゴン結社騎士団は、多くの高貴なドラゴンと勇敢なドラゴン学者たちの生命を代償に、その活動に終止符が打たれた。彼らがドラゴンを傷つけるために使った古代の武器はS.A.S.D.が押収した。有効利用できそうなものはS.A.S.D.の12の宝物の一部となった。一方、致命的な伝染病をばらまく粉が入れられた膨大な数の小瓶や、最も邪悪といえる「ドラゴン・ハンマー」などの危険物は、「失われたドラゴンの島」

にある洞窟の奥深くに封印された。

ぼくは顔を上げた。

「S.A.S.D.の宝物の多くがほかから来ていることは聞いていたけれど、十字軍が持ち帰ったものがそんなに多かったなんて知らなかった」

「そうね、これでいろんなことに説明がつくわね」ベアトリスが言った。

「イグネイシャス・クルックがなぜ、危険をおかしてまで失われたドラゴンの島を見つけたいと思っていたかだろう?」

「そうよ」ベアトリスが本をバタンと閉じると、ものすごいほこりが舞いあがった。

ぼくたちはそれぞれ自分の思いにふけってしばらくぼう然としていた。すると、ベアトリスが思い出したように言った。

「ブライソニアとソマーレッドはいくつかの宝物のガーディアンでしょ?」

「そうだよ。ドレイク博士はたぶん正しいはずだよ。悪のドラゴン結社は二つの宝物を取りもどして、ドラゴン退治を続けたいんじゃないかな？」

「それが正しい説明ね」ベアトリスは同意した。「でも、彼らが求めているものが宝物だけだとしたら、かえって安心だわ」

「えっ？」ぼくは何のことかわからなかった。

「トーチャーよ！　彼らはトーチャーは攻撃しないでしょ？　だって、トーチャーは宝物なんて持っていないもの」

「それもそうだね」

「宝物は渡さないわ。それを守ることができるくらいS.A.S.D.には強くなってほしいわ」ベアトリスの目にはまた涙がたまっていた。

「それと、お母さんとお父さんが無事でいますように」

つぎの朝、ダーシーが荷車1台分の肉を持ってドラゴンズブルックに到着した。

「ほんとうに君たちはラッキーだよ」荷車から荷物を降ろしながら、ダーシーが言った。

「チディングフォールド男爵は、悪のドラゴン結社のことがほんとうに心配だから、ビリーとアリシアを転校させるんだ。二人はロンドンの家で今、ティブスさんに監督されているよ」
「ティブスさんだって！」ぼくは大声を出した。
「かわいそうなビリーとアリシア。ティブスさんはずっとドレイク博士への不平を言い続けるんじゃないのかな」
「わかる？」ダーシーは笑った。
「少なくとも、ぼくたちはトーチャーと一緒に森の中にいられるよ」
「ドレイク博士が、お客さんが来るって言ってたわ」ベアトリスは少し心配そうに言った。
「だれのことだかわかる？」
「ああ」ダーシーは慎重に認めた。
「エラスムスだよ。ぼくたちに目を光らせるためにここに来るんだ」
「新しいガーディアンの弟子？」ぼくは叫んだ。

「そう。それにビリーが言うには、あんなに気難しいドラゴンには会ったことがないってさ。エラスムスはここに来てぼくたちを監督するのさ。イドリギアがそう主張したんだ。きっと彼は、なぜ人間がきらいかを言い続けるはずさ。彼に対する口のきき方にはとくに注意しなくちゃいけないよ。何たってかんしゃく持ちだからね」

「大げさじゃないの？」ぼくは希望を持って言った。

「そうだね……」ダーシーは浮かない顔を見せた。「一つ言えることは、もしすべての問題が別の場所で起こっていたら、彼はここなんかに来やしないはずさ」

「何だかんだ言っても、ビリーとアリシアはたぶんラッキーね」ベアトリスはそう言い、笑いかけた。「エラスムスはドラゴンの世界のティブスさんみたいね」

「うん、とにかくぼくは会えるのを楽しみにするよ」ぼくは不機嫌そうに言った。確かに、エラスムスがそんなに悪いやつだって決まっているわけじゃないんだ。

ぼくたちはそれほど待つ必要はなかった。夕食のあと、その日の出来事を話していると、雷が落ちたような音が外でして、続いてせわしない翼の羽ばたきが聞こえた。それはまるでドラゴン語で何かをののしっているような音だった。

ぼくたちが窓に駆け寄ると、エラスムスが壊れたレンガの山にすわりこんで、とても不満そうにしているのが見えた。どうも、狭い場所に着地するのに目測を誤って、厩舎にぶつかったようだった。

彼はドラゴン語でののしり続けた。丁寧に訳すとこんなふうだろうか。「翼も持たない軽はずみな人間が、こんな森の奥深くにある家を選びやがって！　どこのまぬけが、こんなおぞましくて近づきにくい森の中のあばら家に住んでいるんだ！」

白いうろこが月の光に照らされて、エラスムスはまるでドラゴンの幽霊のように見えた。トーチャーも大騒ぎを聞きつけて出てくると、好奇心いっぱいでエラスムスを見た。

「プライシク・ボヤール！」ぼくは恐る恐る言った。鮮やかな外観のフロストドラゴンにあいさつするために、皆出てきた。

「私たちを守るためにここに来てくれたんですか？」

エラスムスは口を開きかけたがすぐに閉じ、ぼくから目を背けて身震いした。

「あなたには儀式のときに会いました」ぼくはつけ加えた。「すてきな会でしたね！」

エラスムスはまだ何も言わなかった。

「ドラゴンズブルックへようこそ。エラスムスさん」ベアトリスは軽く会釈をしながら言った。「あなたがここに来て私たちを守ってくれるのを、みんな歓迎しますし、光栄だと思っています」

エラスムスは荒い鼻息を吐くと、遠くを見つめた。まるでぼくたちと話をすることが沽券にかかわるかのようだ。においをかぎ回っていたトーチャーが突然、興味深々にエラスムスを見つめた。においによって彼を認識したようだった。

「プライシク！　プライシク！」トーチャーは言った。

「あら、よくできたわね、トーチャー！」ベアトリスは大きな声を出して、トーチャーに笑顔を向けた。ぼくたちはずっと、この赤ん坊ドラゴンに、ドラゴン語の「こんにちは」を教えてきたんだ。今やっとそれができた。ぼくたちはトーチャーを思いっきり褒めてやりたかった。
ところがエラスムスはトーチャーを無視した。赤ん坊ドラゴンは、自分が拒否されているのが理解できないようだった。はねるように白ドラゴンのあごの下に入り、その鼻先を自分の鼻で突っつこうとした。
「トーチャー、やめるんだ！」ぼくは叫び、彼を引き離そうとした。
エラスムスは低くうなったが、それでもまだトーチャーを見ることはなかった。赤ん坊ドラゴンはもう一度突っつこうとした。
「トーチャー！」ベアトリスが厳しく言い放った。「エラスムスはまだ友だちになりたいと思っていないのよ」
エラスムスはため息をついた。そしてやっと口を開いた。その声は冷たく、他人行儀な感じだった。
「わしは、放っておいてほしいということを態度で示さなかったかな？」
彼はげんなりしながら言った。

「おまえたちを守るために、わしがここに派遣されたのは事実だ。でもな、互いに干渉しなければ、この仕事も楽になるだろうさ。残念ながら、おまえたちは明日の朝から、わしが教えることを最初からすべて聞くことになる。

わしは一日に30分以上、おまえたちのことを我慢するのは無理だ。レッスンは全部で20回ある。ただし、覚えておくんだ。これはドラゴン協会でのわしの義務だからやるんであって、おまえたちに好意を持っているからでは断じてない」

ぼくは、エラスムスがそれほど長ったらしい話をするのが不思議だった。単に威厳を示したかっただけなのかもしれない。

「ドレイク博士はレッスンのことは何も言っていなかったよ」ぼくが答えると、鼻息の荒いエラスムスは、怒りといらだちの気配をただよわせた。

「おまえが、いつの日かあの偉大なドレイク博士を継いでドラゴン・マスターになろうとしている男の子か？　とにかく、わしが言われているのは、今後起こることについて、おまえたちは事前に徹底的に学ぶ必要があるということだ。

わし自身は、ドラゴン・マスターに弟子が必要だとは思っておらん。わしがガーディアンになったあかつきには、６００年以上も前に結ばれたドラゴンと人間との協定をぶち破るつもりだ。あまりに多くの人間がドラゴンの存在に気づいていて、自分たちで解決できないほどの問題を生みだしている。わしらは保護されたり、守られたりする必要はない。わしらのことは忘れてほしいだけだ！」

「でも、どうして協定を破らなきゃならないの？」ダーシーがおっかなびっくり尋ねた。

「それと、協定が必要ないって思うなら、どうやってドラゴンのアプレンティスになるっていうの？」

エラスムスは鼻をクンクン鳴らし、口先を横柄に持ち上げた。

「人間は信用できん。それがわしの最初のレッスンの基本だ。イドリギアは、おまえたちすべてと付き合えばわしが気持ちを変えるはずだと信じている。でもそれはない。わしは変わらない。だから、一人にしてくれ！　そしてそこのちょっとだけ飼い慣らされて、人間が好きになったドラゴンの赤ん坊を連れていってくれ！　その子のすべきことは野生のシカを捕まえて肝臓のごちそうを食べることであって、肉屋の残り物をもらったお礼に芸をすることではないはずだ」

「トーチャーは芸なんかしないよ！」ぼくは抵抗したけれど、ベアトリスがぼくを手で制した。

「お一人でどうぞ、エラスムス」彼女は高慢ちきなドラゴンに言った。エラスムスと対立しないようにするのは、たぶん賢いことだとぼくもわかった。

「私たちのことはお構いなく。あなたは偉大すぎるわ」

「おまえは物わかりがいいな」エラスムスはまじめに答えた。

「確かにわしは賢く、偉大だ」

「さあ、男の子たち！」ベアトリスは声にいくらかの皮肉を込めて言った。「私たちが飼い慣らしたドラゴンを連れていって、賢くて偉大なエラスムスを一人にしてあげましょう。言われたように、無視してあげましょう」

ところが、それまでエラスムスのふるまいにイライラしていたトーチャーが、話し合いの内容を理解したのか、ぴょんと立ち上がって白ドラゴンのあご先にかみついた。
「トーチャー、だめ！」ぼくは叫んだ。ゾッとしながらも、同時に笑いをこらえていた。
エラスムスの得意げな顔が見る見るうちに怒りに変わっていった。偉大なドラゴンはひと吠えし、氷の息を吹きつけた。トーチャーは完全に圧倒され、凍りついてしまった。
ベアトリスとぼくはびっくりし、無意識のうちにトーチャーのそばに駆け寄った。
「エラスムス、何てことをするんだ！」
「待て、このまぬけども！」フロストドラゴンは大声で怒鳴った。
「その子は凍っている。触ったら、くっついてしまうぞ！」
「殺したのね！」ベアトリスも黙っていられずに叫んだ。
「馬鹿な！」エラスムスはあざ笑った。
「しばらくのあいだ、わしにちょっかいを出させないようにしただけだ！　その子はじきに溶けるだろうよ。
さて、わしは騎士と戦ったすべての誇り高きドラゴンのかぎ爪に誓って言う。わしを放っておくんだ！　この子どもはわしが面倒を見るし、この子は絶対に安全だ。わしはこの子に教えなきゃならんこともある。その一つは今日、教えたがな！」

エラスムスは自分のかぎ爪に視線を落とした。

「こんなひどいことしたあとで、あなたにトーチャーを預けるなんてできると思うの？　信用できるわけないじゃない！」ベアトリスが叫んだ。

「わしの言うことを信じるしかないのさ」エラスムスは荒い鼻息を吐いた。

「さあ行くんだ。わしの怒りが頂点に達する前にな！」

「いいでしょう」ベアトリスはその場を離れようとしたが、もう一度エラスムスの顔をにらんだ。目にはエラスムスと同じくらいの冷酷さをただよわせていた。

「でも覚えておいて。私たちもあなたを見張っているわよ！」ベアトリスはエラスムスに背を向け、大またで家に向かった。

ダーシーとぼくもベアトリスについて中に入った。でも、まだホッとするような気分じゃなかった。幸運なことに、その夜は晴れて星がまたたいていたので、ぼくたちはエラスムスとトーチャーを居間の窓から見張った。

1年もたったかと思えたとき、トーチャーのしっぽがピクッと動きはじめた。最初はぎこちなかったが、つぎに翼がぎくしゃくし始め、背中から氷のかけらが落ちて、きしみながら翼が開いた。首を左右にひねり、最後に溶けた氷を振りはらって、脚を1本ずつ伸ばした。

ぼくは、トーチャーが短い脚を動かしてエラスムスから離れると想像していた。ところが恐ろしいことに、彼は大きなドラゴンに向かっていき、すっくと立ってにらみつけた。エラスムスは彼を見ようともしなかった。

「何か馬鹿なことをしないように祈るよ」ぼくは不安でいっぱいだった。

赤ん坊ドラゴンは大きなしゃっくりをした。

「トーチャー、やめて！」ベアトリスの大声にも、トーチャーが振り向くことはなかった。ベアトリスは居間のカーテンを引っぱり夢中になって振ったが、無駄だった。

炎の一撃がトーチャーの口からほとばしり、エラスムスのあごのところでうなりをあげた。フロストドラゴンはトーチャーを見下ろした。ぼくは息をひそめ、エラスムスの顔が怒りで再度ゆがむのを予想した。

ところが、彼はトーチャーのほうに体を傾け、何か言ったかと思うと、すっと立ち上がり、トーチャーを従えて森の中に消えた。

「しまった！　止めなきゃ！」ぼくは恐ろしくて叫んだ。

ダーシーは首を振った。「それはいい考えだとは思わないな」

「でも、エラスムスを信用できるの？」ベアトリスはくちびるをかんでいた。

「ドレイク博士とイドリギアは信用しているんじゃないかな？　エラスムスはトーチャーの世話をするだけの十分な強さを持っていると思うよ」

「でも、私は信用しない！」ベアトリスはふてくされて腕を組んだ。

「どうして彼はここに来たの！　偉そうにふるまって、私たちを守るなんて言いながら、トーチャーを森に連れていってしまったじゃないの！　あんな生きものと一緒に敵と戦うためのドラゴン学なんて、全然勉強したいと思わないわ！」

ベアトリスは少し軽はずみなことを言ったようだ。「トーチャーは氷漬けしても大丈夫ってことを、エラスムスは知ったはずだよ」ぼくは思い切って言ってみた。

「どうしてあんなやつの肩を持つの！」ベアトリスはがく然として、きつく言い放った。

「まったく、賢くて偉大なドラゴンだわ。怪物よ！」

「ぼくはただ、エラスムスが自分がしたことに理由づけするはずだと言っただけだよ。でも、トーチャーのためにぼくたちが何かしなきゃならないってことには賛成だよ」

「何ができるって言うの？」ベアトリスはやけになって、お手上げの身振りをした。

「暗い所で見つけることなんてできないわ。二人がもどるまでただ待つだけよ」

エラスムスとトーチャーはその夜、帰ってこなかった。ぼくたちはしかたなくベッドに入ったが、赤ん坊ドラゴンがどこへ行ったかわからずじまいで、ほとんど眠れなかった。お父さんとお母さんがどんな危険な目にあっているかわからないし、トーチャーが森の中でエラスムスにどんな目にあわされているか考えると、心配でしかたなかった。

ぼくは、ドレイク博士とイドリギアが自分たちのおこないの影響を理解しているはずだと、自分に言いきかせていた。エラスムスはアプレンティスに選ばれたんだし、そんなに悪いやつじゃないはずだ。でも理解できないことが一つあった。どうしてイドリギアは、人間とドラゴンの協定を破棄しようとするドラゴンを選んだのだろう？

つぎの朝、2階の窓から見るとエラスムスがもどっていた。でも、どこにもトーチャーの姿はなかった。大急ぎで階段を下りると、ダーシーたちが朝食を終えようとするところだった。ベアトリスも一睡もできなかったようだ。

「トーチャーについて何かわかった？」ぼくは二人に聞いてみた。

「今のところ何も」ベアトリスは明らかにまだイライラしていた。

「おいで。外に出てエラスムスに聞いてみよう！」

ぼくたち3人は外に飛びだしたが、エラスムスの前でとりわけ平静を装った。ドラゴンは傲慢な態度で振り向いた。

「ああ、おまえたちか」彼はあざけり笑った。「最初のレッスンに遅刻したな」

「トーチャーをどうしたの？」ベアトリスが問いつめた。
「分別はまだないが、よくしつけられている。礼を言うよ。おまえたちへのレッスンを完了したら、会いにいってもいいだろう。あの子が無事かどうか知りたいようだな」
「今すぐ会わせて！」ベアトリスはエラスムスの言葉を無視して言った。
そのとき、赤くてうろこのある切れ端があるのに気づいた。ぼくはそれをひろって調べてみた。
「ドラゴンの皮だ！」
ベアトリスはハッと息を飲んだ。
「あの子に何をしたの？」彼女は泣き叫び、エラスムスをにらみつけた。
「あなたなんてやっぱり信用できないって、わかったわ！」彼女はトーチャーの居所を示す手がかりがほかにないか探しはじめた。
「わしはあの子に何もしておらん」エラスムスもいらだっていた。
「あの子には、野生のドラゴンにふさわしいふるまいについて、ほんのわずか教えただけだ。あの子は人間のペットではない。自分の角やかぎ爪、火を吐くことに誇りを持ち、それらを賢く使うべきだ。わしはあの子が脱皮する時期にきていることに気づいた。それで最初の部分だけ爪をひっかけて、助けてやった。あの子は今、森の中で残りの皮をぬごうとしているはずだ」

「森の中！」ベアトリスが大声を出した。「あの子を一人で残してきたの？」

「トーチャーを見つけなきゃ！　ドレイク博士は、トーチャーの脱皮した皮を使って耐炎性の手袋をつくってもいいって、言ってくれたんだ！」ぼくはそう言って、森へ急ごうとした。

「待て！」エラスムスが止めた。

「どうしてそんなことを提案したんだ？　おまえたちドラゴン学者はわしらのことをすべて知っていると思っているようだな。しかし、脱皮はごく個人的なことだということを覚えておくんだ。脱皮したあとの皮は埋めて、人目につかないようにしなきゃならん。トーチャーも、終わったらもどってくる。それだけの話だ」

エラスムスの話しぶりからは、トーチャーについての話し合いはこれで終わりで、つぎに進むときが来たことは明らかだった。

「さあ、おまえたちのレッスンの時間だ」エラスムスは、ぼくたちが席に着くことも、ノートを取ってくるのを待つこともなく、いきなり切り出した。

「ドラゴン・マスターがわしに言ったのは、ドラゴンの中にはほかのドラゴンより優れた知性を持つものがいるということを基本にして、おまえたちに教えてほしいということだ。フロストドラゴンの半分とヨーロッパドラゴンの半分とが、とりわけ高い知性を持つドラゴンの良い見本だ。もちろん、わしもそうだがな。あえて言うが、わしは両方のドラゴンの先祖からとびきりの知性と技能を受け継いだ。つまり、混血だからこそ、2倍も優れているというわけだ」

「それが何だって言うの？」ダーシーが答えた。そのときぼくたちは、エラスムスの前の草地に腰を落ち着けようとしていた。しかし、イラクサとイバラがあちこちにあって、あまり居心地は良くなかった。

「そんなことは明らかではないか」エラスムスは、ぼくたちが落ち着かないのをまったく無視するように、言い放った。

「それじゃ、あなたはほかのドラゴンより2倍賢いというわけね」ベアトリスは、草がきれいに生えそろっているところを足で探りながら言った。

「それで2倍もたくさんの言葉を使って、いろいろ説明したのね？」彼女は愛想よくほほ笑んだ。ベアトリスの中では、新しい客に対する尊敬の気持ちがとうに消え去っていることは明らかだった。

エラスムスは彼女の皮肉を意に介さずに言った。「そうだ。わしは確かにいつも豊かな語彙力を与えられてきた。言葉というものは知性を量る物差しなんだ」

エラスムスはさまざまな言葉を駆使しているはずだった。しかしその話す声といったら、退屈で単調なものだった。ぼくは前の晩からのことでとても疲れていた。これまではどのようなドラゴンの話にもしっかりと注意して耳を傾けるようにしてきたのだが、そのときは疲れのために話に集中できなかった。

「まず違う種のドラゴンを話せるものと話せないものにグループ分けしてみる」
エラスムスはだらだらと続けた。「例えばナッカーは話すことはできず、ヨーロッパドラゴンとガーゴイル、龍などは皆、言葉をマスターしている」
ぼくはあくびをかみ殺して後ろにもたれようとした。でもイバラがチクチクして無理だった。
「ドラゴン語の源は、はるかな時のかなたまでさかのぼる」
エラスムスは謎めかして続けた。「ドラゴン語は人間が言葉を身につけるはるか以前からあったのだ。人間と違って、世界じゅうの違った種のすべてのドラゴンが、ドラゴニッシュという同じ言語が基となった多様な言葉を話していた。ほとんどのドラゴンは、自分の種の内部で言語を守ろうとしていた。しかし共通の言語があるということは、必要なときにはほかの種とも言葉を交わすことができるということだ」
「じゃ、どうしてドラゴンは人間の言葉を話すようになったの？」ダーシーが尋ねた。
「知りたいのはこっちだ」エラスムスがすぐに切り返した。

「うーん、人間のほうがドラゴンを理解するため？」とダーシー。

「本質的には違う」

「それとも、ドラゴンがぼくたちについて知りたかったため？」少なくとも、話すことが眠気覚ましの助けになった。

「自分たちの知識を人間に知らせるためと、人間からも得るために人間の言葉を学んだドラゴンはいた。しかし英語のような野蛮な言葉より、ドラゴンたちはラテン語やギリシャ語、サンスクリット語や中国語などの、美しい古代の言語を好んだ」

「それでは、イギリスに住む多くのドラゴンはどうしてぼくたちの『野蛮な言葉』を話すようになったの？」ぼくは尋ねた。

エラスムスは明らかにイラついていた。「ああ、それはまったく悪のドラゴン結社の騎士たちのせいだ」説明にだんだん熱が入ってきた。

「大人の人間はドラゴンのようにはすばやく言葉を習得することはできない。ベアトリスとダニエル・クロークがドラゴンにかかわり始めたとき、わしらの祖先はクローク親子がはっきりと理解できるような言葉を話すことが重要だと感じた。

もちろん、ドラゴンが人間との協定なしに悪のドラゴン結社を打ち負かすことができたなら、英語を学ぶ必要もなかっただろうし、わしがおまえたちにこのレッスンをすることもなかった」そう言うとエラスムスはしばらく口を閉じた。

「でもどうしてドラゴンは自分たちだけでエドワード王の騎士を打ち負かせなかったの？」ぼくは頑張って起き上がろうとした。

「どうしてベアトリスとダニエルの助けが欲しかったの？」

「エドワード王が9回目の十字軍で持ち返った武器があまりにも強力だったからだ」エラスムスはなんとか忍耐しながら説明した。

「その昔、騎士とドラゴンの戦いは気高いものだった。実際に騎士がドラゴンを殺すことはなかったんだ。しかし、あののろわれた武器が戦いに持ち込まれると、すべてが変わってしまった。それが、最初のガーディアンがベアトリス・クロークの助けを求めた理由だ。わしらは、人間の世界を知るために、人間が必要だった。ドラゴンと人間は手を携えて協定の理念を築き上げたんだ」

彼は突然こちらに視線を向け、ぼくからベアトリス、そしてダーシーとギラギラした目をすばやく動かした。「そしてその理念とは……？」

「えーと、ドラゴンは人間によって保護され、守られるべきであること」

ダーシーが始めた。

「ドラゴンと人間は互いに殺し合わないこと」ベアトリスが自信ありげに続けた。

「過ちを犯した人間は人間によって裁かれ、過ちを犯したドラゴンはドラゴンによって裁かれること」

ぼくは言い終わったあと、つかえることなく答えられたことがとてもうれしかった。

「そのとおり」エラスムスは言ったが、ぼくたちが全部答えられたことに少しがっかりしているようだった。

「悪のドラゴン結社は武器を取りもどそうとしているの？」ぼくは尋ねた。

「まさにそれが、やつらがやろうとしていることだ。それなのに、なぜわしは宝物を守るという使命に加わることができないんだ？　わしをここに送るなんて、ドレイク博士とイドリギアは何を考えているかわからん」

エラスムスは再びトゲのある言葉を使いはじめた。しかし今回は自分自身に言っているかのようだった。

「たぶん、あなたをここに送ってぼくたちと時間を過ごさせることで、イドリギアは、人間はあなたが考えるほど悪くはないと知ってほしかったんじゃないかしら」とベアトリス。

「もしそうなら、彼はぶざまに失敗したな」エラスムスの突然の怒鳴り声に、ぼくたちは皆ドキッとした。

「おまえたちがあのかわいそうな赤ん坊ドラゴンと交わるようすを見たあとはな」

「それってどういう意味？」ベアトリスはムッとして言葉をさしはさんだ。

エラスムスは爪を開き、二つの小石を地面に落とした。

「これを見るんだ！」彼は腹を立てていた。

「石英と黄鉄鉱の結晶じゃないか？」ダーシーが言った。
「そうよ。見て、トーチャーにあげたものとまったく同じ石よ」ベアトリスはぼくに言って、目を細めてエラスムスのほうに顔を向けた。
「トーチャーはこれをあなたにすすんで渡したの？」
「そんなことあるものか」エラスムスは鼻であしらった。
「わしはこれをあの子から取り上げざるを得なかったんだ」彼は一息つくと、ベアトリスのほうをなじるように見下ろした。
「あの赤ん坊は火を吐くには幼すぎる。それを賢く使えるはずがないんだ」
それで十分だった。「もうたくさん！」と言うと、ベアトリスは泣きはじめた。
「今すぐトーチャーを探しに行くわ！」それと同時に、ベアトリスは足をどんどん踏み鳴らして森に向かった。
「待つんだ！」エラスムスの声に、ベアトリスはビクッとして止まった。
「今ごろ、あの赤ん坊は最後の皮を脱ぎすてているだろう。わしがおまえたちを連れて見つけにいこう。ダニエル、トーチャーが火を吐くのにふさわしい年齢になるまで火打石と黄鉄鉱を取っておくんだ。それがいつなのか、わしが知らせる」

ぼくは二つの石をポケットに入れ、白いドラゴンのあとについて森に入った。ところがトーチャーがいるはずの場所に着いてみると、どこにも姿がなかった。エラスムスも戸惑っているようだった。彼は地面に新しく掘られたところを指し示し、爪で何度かつつくと、いくつかの赤いうろこの端切れを取り上げた。

「それじゃ、間違いなくここにいたのね」ベアトリスは言ったが、声にあわてたようすが表れていた。

「どこへ行ったのかしら？」

「そうだな」とエラスムス。「あの子がわしから逃れたときに、多少カッカしていたのは事実だ。恐らく自分をしずめるためにどこかへ行ったんだろう」

「一人だけで？　森の中で？」ベアトリスはもう切れそうだった。

「別の火打石と黄鉄鉱を見つけたくて行ったのかな」ダーシーも戸惑っていた。

ベアトリスは、激怒した顔をエラスムスのほうに向けて言った。
「あの子がどこにいるのかわからないんでしょ？」
「わからん」エラスムスが答えた。彼はトーチャーがいなくなったことにも、ベアトリスが激怒していることにも、まったく動揺していないようだった。
「あなたはあの子を守らなければならないんでしょ？」ベアトリスはそう続け、なじるように彼を指さした。
「今あの子はセント・レオナードの森の中をうろつき回って、自分を守ることさえできないのよ！」
エラスムスはあらぬ方向を見ていた。彼が困惑するなんてことがあるのだろうか？

第5章　行方不明

母ドラゴンから卵を盗めば、かなりの褒美を得られるだろう。
生きた子どもドラゴンをおびき出せれば、褒美は思いのままだ。
――『マレウス・ドラコニス』（ドラゴン・ハンマー）エドワード（世

「お願い、急いで、エラスムス！」ベアトリスは叫んだ。

「この伸び過ぎた枝をとり除くんだ」エラスムスはうなり声を立てた。木の枝につかまったのはこれで4回目だったが、カバの木から大きな体をくねらせて抜け出そうとした。身長6メートルほどのエラスムスは、成長しきっているわけではなかったが、大きな翼が深い茂みの森から抜けるのを困難にしていた。

「わしの氷のひと吹きはここでは用無しだ。火が吐ければ、木の枝など焼き払って道をつくれるのに！　こんな森など、わしのようなドラゴンのいる場所ではない！」

同情はできなかったので、ぼくはエラスムスの不満を無視し、トーチャーを探すために精力をすべて注ぎ込むことにした。「あの子のにおいがまだする？」

エラスムスは、長い首を木々のあいだにくねらせ、地面のにおいをかいだ。

「こんな仕事に必要なのは犬であって、ドラゴンではない」

「ドラゴンは犬よりはるかにいい嗅覚を持っていると思ってたけど」ぼくは言い返した。ぼくたちはみんな、まだエラスムスに怒っていたんだ。

「待て！」フロストドラゴンは体を折り曲げ、もう一度地面のにおいをかいだ。

「おかしい。ガーディアンは、この森に別のドラゴンがいるとは言っていなかった。しかし、ここに2番目のドラゴンのにおいが残っている」

「ウィーゼルかもしれない！」ぼくは言った。「ナッカーだよ」

「ナッカーだとは言っていない」とエラスムス。

「かろうじて数えられるだけだ。トーチャーは北に向かっている。あの子は追手から逃げ切れただろうか？」
「追手？」ベアトリスの声には恐ろしい気持ちがありありだった。
「何のにおいなの？　教えて！」
「ドレイク博士は、この森にバシリスクがいるとは言わなかったな？」
「バシリスクだって⁉」ぼくは身震いした。
そのドラゴンには以前一度だけ会ったことがあった。バシリスクはどんなものにも姿を変えられる恐ろしいやつで、とどまるところを知らない食欲の持ち主だ。そのために、出くわすあらゆる生きものをえじきにしてしまう。
「あの悪賢い生きものだったら自分の姿を隠せるはずだ。しかし、においは偽ることができない」エラスムスは鼻先を地面につけたままだ。
「少なくともわしのにおいではないし、まだなまなましい。しかしこの曲がりくねってからんでいるオークの枝は、やつにとって格好のすみかになっているはずだ」
「以前はバシリスクはいなかったよ」とダーシー。

「ドレイク博士が前に一度見つけたかもしれない。どこか別のところから来たはずだよ。それもかなり最近にね」

「でもまちがいなくトーチャーは安全よ。ドラゴンは互いをえじきにすることはないわ。そうでしょ？」ベアトリスは身震いして言った。

「どうして、ないと言い切れるんだ？　腹を空かせたバシリスクは何でも食べるさ。古い皮をぬいだトーチャーは、やつの手ごろなスナックになるだろうよ。なにせ皮をむく必要がないからな」

「よくもそんなことが言えるわね！」ベアトリスは絶望的なうめき声を出した。ぼくは自分の目にも涙があふれてきたのを感じていた。

「あの子は火を吐いて自分を守ることもできないのよ！　おかげさまでね！」

「それは悪かったな。でもわしがなぜ非難されなきゃならんのだ。あのような若いドラゴンに火を吐かせるわけにはいかない。ただ、あの子が動揺して逃げ出したことの責任がわしにあるとは思うがね」

「あなたは守るって約束したでしょ！　一人にすべきじゃなかったのよ！」
「たぶんそうだろう」エラスムスは少し考えたあと、言葉を続けた。
「ただ、可能性がなくなるまで、希望を捨てちゃならん。あの子を探すんだ。少なくとも何か手がかりがあるだろう。しかし、用心するんだ。もちろんわしは、ほとんどのバシリスクとは対等に戦えるが、わしでもやつの猛毒の牙と催眠術のえじきにならんとも限らん。おまえたちのような子どもはなおさらだ」
　ぼくはベアトリスの手を握った。
「トーチャーを探すんだ！」ベアトリスをせきたてると、彼女はうなずいた。しかし、心配で言葉が出ないようだった。
「では、まず北の方角だ」ぼくたちの心配をよそにエラスムスが言った。
「しかしこんなメチャクチャな森をぬけるより、空を飛ぶほうがよっぽど早く行けるぞ」
「ぼくたち3人を乗せてくれるの？」
「ウーッ」ぼくの質問に、エラスムスは目に見えるほど身震いした。

「わしは、人間とは飛ばないことにしているんだ。しかし、今度ばかりは例外にしなくちゃならんな。ただし、二人までだぞ」

「君たち二人が行きなよ。ぼくは家にもどっているから」ダーシーが言った。

「トーチャーが自分で帰ってくるかもしれない。それなら、だれかが家にいないといけないでしょ」

「でもバシリスクが来たらどうするの？」ぼくは心配だった。

「ああ、大丈夫さ。でも何か問題が起きたら、ドラゴンの笛を3回吹くことにするよ。エラスムス、あなたなら聞こえるでしょ？」

エラスムスはダーシーの言葉に気乗りしないようにうなずき、ぼくたちを背中に乗せて、空へと舞い上がった。人を乗せるのに慣れていないためか、左右に大きく揺れるものだから、落ちやしないかとヒヤヒヤものだった。しばらくすると、ぼくたちは森の上を北を目指して飛んでいた。はたから見れば優雅に見えたかもしれない。

飛びながらエラスムスがうなった。「おまえたち二人は重すぎる！　おまえたちがわしの背にまた乗りたいと思うのなら、ダイエットすることだ」

進む方向には何キロメートルにもわたって森が広がっていた。はるか遠くの丘の頂上に高い塔が見えた。たぶん6キロメートル以上あるだろう。塔の上には奇妙な形のポールがあり、短い横棒が3本ついていた。

「あの建物は何？」ぼくは指さしてベアトリスに尋ねた。

「信号塔よ。海軍が昔あれを使って、海岸からロンドンまで暗号を送ったの」ベアトリスがそれを知っていたので、ぼくはちょっと驚いた。

見下ろしてみると、地面ははるか下だった。

「こんな上空からでもトーチャーの跡を見つけられるの？」ぼくが大きな声で聞くと、エラスムスが叫び返した。

「残念だがバシリスクのにおいもな」ぼくは、後ろでぼくの腰に手を回しているベアトリスのほうを振り向いた。彼女も険しい表情をしていた。

やがて、エラスムスは旋回しはじめた。下には空き地があった。

「二人のにおいがここで終わっている」とエラスムス。
「二人とも？」ベアトリスは泣き出した。ぼくは腰に回された手がギュッと絞められたのを感じていた。
「着地するぞ」エラスムスは言い放った。「もっと詳しく捜索する」
ベアトリスとぼくはドラゴンの背中から降りるとすぐに、ドラゴンの跡を探しはじめた。空き地の一方の端にイバラがあるのを見つけたが、踏み荒らされていた。
「ここで戦ったのかもしれないね」ぼくはそれとなく言ったが、エラスムスは疑うようなまなざしを向けた。
「もしそうだとしても、大したものじゃないだろう。忘れるなよ、トーチャーは自分から進んでバシリスクについていった可能性があるということをな」
「馬鹿げてるよ！　トーチャーは脅されてついていったんだ！」
「おまえたち人間は、バシリスクは悪賢いと思いこんでいるようだな。
もしかしたら、こいつは食事したばかりで、トーチャーをあとにとっておくのかもしれん。たぶんバシリスクはトーチャーが親しみを覚えるような姿をしていたのだろう。別のドラゴンの子どものような。しかし、トーチャーがそいつと目を合わせたら、たちまち催眠術にかかってしまうだろう。そうなったら致命的だ」

「やめて！　トーチャーが、まるで……まるで……」ベアトリスは泣きそうだった。

「まるで、何だと言うんだ？」エラスムスは驚いたようだった。

「まるでもう死んでいるみたいじゃない！」ベアトリスの声がこだました。

そのとき、ぼくは、トーチャーの居所の手がかりかもしれないものに気づいた。

「トンネルがある！　地下に向かっているよ」

エラスムスはゆっくり近づき、トンネルの入口のにおいをかいだ。

「うん、ここに入っていったな」

暗い中をのぞきこむと、ぼくは、首筋の後ろの毛が逆立ってくるのがわかった。

「ここって、バシリスクの巣じゃない？」

「それはあり得ない。どんな立派なドラゴンでもこんなに大きな巣は掘れないはずだ」

エラスムスの答えに、ぼくは自分の馬鹿さ加減を再び思い知らされた。彼は鼻先で空気のにおいをかいだ。

「このようすでは、差し迫った危険は去ったようだな」

「それはどういう意味？」ベアトリスはきょとんとしていた。

「確かなのは、彼らの跡がトンネルの中に向かっていて、どちらもここから出てはいないということだ。とすれば、トンネルがかなり深くて、彼らが中にいない限り、どこかに別の出口があるかもしれない」

「それって、ぼくたちがそこまで通り抜けなければならないってこと？」

「我々ではない」エラスムスはじれったそうにため息をつき、きっぱり言った。

「わしの体ではトンネルには入れない」

「それじゃあ、私たち二人で入るわ」今度はベアトリスがきっぱり言った。

「でも、明かりが必要だよ。中はかなり暗いよ」

「ウム、火か……。どうにもならんな」エラスムスはせきばらいして静かに言った。彼はトーチャーの火を吐く能力をうらやんでいるのかもしれない。
ぼくはポケットを探って、ろうそくを引っぱり出した。
「これがあるよ。でもマッチがない」
ベアトリスは指を鳴らした。
「別のポケットを探してみて！　トーチャーの石を持っていたんじゃない？」
もう一つのポケットに手を突っこむと、火打石と黄鉄鉱と、燃料として使えそうな結構な量の綿毛が出てきた。すぐに着火して、ろうそくに火を燈した。
トンネルの中は湿っていて、土はぬかるんでいた。ろうそくを掲げると、二つのドラゴンの足跡が暗やみに消えているのが見えた。
「エラスムスは正しかった！」ぼくは大声を出した。
「何のこと？」

「二つの足跡があるよ。バシリスクはトーチャーの姿に似せているのに違いない」ぼくは低い姿勢になって、ろうそくを地面に近づけた。そこらじゅう木の葉だらけだった。

「二つの足跡が別々のものだって言える？」ベアトリスが聞いてきた。

「確かじゃないけど、片方の足跡の下にある木の葉はしおれているのに、別のほうはそうじゃない。バシリスクの毒液は強力だから、それが足からにじみ出たとは思わない？」

「ちょっと待って」ベアトリスは大声をあげ、地面に手を伸ばした。「これをどう思う？」

指輪だった。ベアトリスは泥をふき取ると、ろうそくの光にかざした。

「金のように見えるね。何か書いてない？」ぼくは身震いしていた。自分が考えていることを思い切って言うのが怖かったんだ。

ベアトリスは目を細めると、手のひらの上で指輪を何度もひっくり返した。

「ドラゴン文字が書いてある」彼女はささやくように言った。

「それに、へりにも何かが書いてある」

「読める？」ぼくは自分の声が震えているのがわかった。

「短い文ね。フランス語だと思うわ」ベアトリスは指輪をさらにろうそくに近づけた。
「『Mort aux Dragons　ドラゴンに死を』ですって！」
「怖いよ！　悪のドラゴン結社の指輪じゃないの？　やつら、ついにトーチャーのところに来たんだ！」
「悪のドラゴン結社がバシリスクとつながっているっていうの？」
「わからないよ。でもぼくたちは見つけたんだ。さあ、行こう！」
トンネルの奥深くに足跡をたどっていくと、通路はだんだんせまく、そして低くなっていった。ろうそくがゆらめいていた。外への出口を見つけるまでろうそくがもつように祈ったが、すでに暗くなり始めていた。
しばらくすると、トンネルは二またに分かれていた。一つは真っ暗で、もう片方は、先のほうに一条の光が見えていた。地面のそこらじゅうを探ってみると、古い土管と割れた瓶のかけらが見つかった。
「ナッカーの巣にあるようながらくたじゃないかな？」

「きっとウィーゼルの先祖が使っていたものだわ」
足跡はかなり薄くなってきたが、トンネルから外の方向に続いているのが、なんとかわかった。それに、まだ足跡は二つあった。
「トーチャーはバシリスクと一緒に外に出たみたいだ」ぼくは少しだけ安心していた。
日の当たるところに出てみると、そこは小さな丘のふもとだった。
「ここはいったい？」
「見て！」ベアトリスが何かを指さして言った。
目の前には信号塔があった。広い道が西へ向かい、大きな通りにつながっていた。
「エラスムスを呼ぼうよ」ぼくはそう言いながら、彼が近くにいてぼくたちを守ってくれていることに、初めてホッとした。
ベアトリスがドラゴンの笛を取り出した。それは宏偉寺の老師からもらったものだった。彼女は深く息を吸うと、長く、高い音を吹いた。ぼくにはやっと聞こえる程度だったが、エラスムスには、はっきりと聞こえるに違いない。ほどなく、彼はぼくたちのほうに舞い降りてきた。今回だけは会えてうれしかった。

フロストドラゴンは指輪を見ると、すぐさま大きく吠えたので、ぼくたちは耳をふさいでしまった。だれかほかに聞かれなければと祈るほどだった。

エラスムスはしばらく沈黙してから、今度はほとんど息もつかずに話しはじめた。

「このような指輪が昔、多くの高貴なドラゴンの心に恐怖を覚えさせたんだ。あのおぞましいドラゴン文字がここにもある。悪のドラゴン結社の印だ」彼は泣いていた。

エラスムスは心を落ち着けるように、少し間を置いた。

「我々がもう少し早く到着していたら、悪党どもに悪事の報いを受けさせたのに！」

「でも、そもそも指輪はトンネルの中で何の役割を果たしていたの？」

「わしは知らん」ベアトリスの問いに、エラスムスは苦々しく答えた。

「『ドラゴンに死を』というのは、やつらの卑劣な合言葉だ。わしにしてみれば、『悪のドラゴン結社に死を』だ！」

第6章　ワイバーン・ウェイ

ドラゴンを支援する者たちによって使われる、ある秘密のサインがある。彼らの信頼を得るために、それをよく習得しておかねばならない。

――『マレウス・ドラコニス』（ドラゴン・ハンマー）エドワード一世

再び空に舞い上がると、トーチャーとバシリスクが残したにおいの跡を追いかけて、エラスムスは家々や教会の上を飛び続けた。

「トーチャーがこんなに遠くへ来たと思う？　森から完全に出てしまうなんてできるのかな？」ぼくは2頭の小さなドラゴンがそんなに長距離を進むなんて想像できなかった。しかし、ベアトリスはもっと現実的だった。

「バシリスクはもっとずっと大きな生きもの、たとえばワイバーンのようなものに姿を変えたんじゃないかしら？　そしてもっと速く移動したのよ。トーチャーはその背中に乗っていたかもしれないわ」

ぼくたちの赤ん坊は今、どんな目にあっているんだろうか？

北に向かって飛ぶにつれ、散らばった村や部落がだんだんとまとまり、ついには大きな町になった。それはロンドン郊外の町並みだった。エラスムスは全速力で飛んだ。テムズ川にたどり着くと、大きく広がった草原に着地し、ぼくたちも降りた。

「においの跡はここで方角を変えて、川を下っている」

エラスムスの話し方は前のようには冷たくなかったし、よそよそしくもなかった。

「二人はロンドンの中心街に向かったの？」ベアトリスは信じられないようすだった。

「そうだ。二つのにおいの跡はどちらもまだ新しい」エラスムスも心配そうな口ぶりだった。

「二人はそんなに遠くには行っていないはずだ。急げば、なんとか追いつくだろう」

「追いついても、街なかで白昼堂々とバシリスクと戦うことはできないでしょ？」

「そのとおり！」ぼくはそう言いながら、ベアトリスが言ったことが妙に頭に残った。
「ドラゴンは日中人前に姿をさらすことはできないんだ。だから、トーチャーとバシリスクもどこかで、身をひそめているに違いない」
「そうだわ」ベアトリスも考えていた。「でも、彼らを見つけるのに、助けが必要ね」
「そう、何が起きているかをS.A.S.D.に知らせなくちゃ。助けを求めるのは今だよ」
「うんダニエル、それがいいと思うわ」ベアトリスが同意してくれた。
「着地する直前に、少し前のほうに駅があるのが見えたわ。こっちの方角よ」ベアトリスはぼくたちが来た方向を指した。
「ぐずぐずしている暇はないよ」ぼくたちは向きを変え、駅を目指して進みはじめた。
「ところで、わしには何をしてほしいんだ。森に帰ればいいのか？」とエラスムス。
「トーチャーがまだロンドンから出ていないことを確認してくれたら、とても助かるわ」
肩越しに急いで後ろを振り返りながら、ベアトリスがそう言った。
「姿を見せずにロンドンの町の周りを飛び回ることができるかしら？」

「たぶん」そう答えたエラスムスの声は、少し不機嫌そうだった。でも少なくとも、できないとは言わなかった。

「お願い！」ベアトリスは彼の気が変わる前にたたみかけた。

「においが町から外に出たかどうか、探ってちょうだい。できるだけ早くドラゴンズブルックで会いましょう。何かを見つけたら、ダーシーに頼んで、S.A.S.D.本部にいるぼくたちにメッセージを送るように言ってね」

ぼくたちは道を急いだ。

ロンドンで列車に乗るのは簡単だ。2時少し過ぎに、ベアトリスとぼくはドレイク博士のドラゴナリアに着いた。ワイバーン・ウェイにあるその店の地下は、S.A.S.D.の隠れた本部になっていた。そこにはチディングフォールド男爵の個人秘書であるティブスさんがいる。でも、ぼくたちは彼のことを好きじゃなかったので、1階で店を切り盛りしているフライトさんに話そうと考えた。

ところが残念なことに、フライトさんは二人の客に対応しているところだった。客は飾り彫りのあるヒスイ色の箱か、うるし仕上げされている箱のどちらを買うかで口論していた。どちらの人にも見覚えがなかった。確認するために、ぼくはドラゴンの弟子のサインを示して見せた。でも何も反応がなかった。彼らがS.A.S.D.の会員でないことは明らかだったので、彼らの前でドラゴンについての話はできない。

「おはよう、子どもたち」フライトさんは明るく声をかけながら、ぼくたちをカウンターの後ろに導いた。

「ティブスさんは地下にいるよ。もし急ぎの用なら、直接話すといい。でも言っておくけど、今はちょっと不機嫌そうだよ」

ベアトリスとぼくは用心しながら階段を下りて、S.A.S.D.の本部に向かった。

「ティブスさんの機嫌がよかったことなんてある？」ベアトリスがささやいた。

「もしかしたら、少し待ってフライトさんに話したほうがいいかもね」とぼくが言うと、

「でも緊急事態なのよ、ダニエル」ベアトリスがぼくに念を押した。「フライトさんは

どっちみち、ティブスさんに私たちのメッセージを取り次ぐだけよ。それに、私はティブスさんが不機嫌だからといって、やめるつもりはないわ」

彼女が正しいのはわかっていた。それでもぼくは、ビクビクしていた。

ティブスさんの部屋のドアは少し開いていて、中から光がもれていた。ノックをしてみたが、返事はなかった。

「どこかへ行ったのかしら？」ベアトリスはドアからようすをうかがった。

「たぶんドラゴン・マスターの事務所にいるんじゃない？」そう言いながら、ぼくは廊下を歩きはじめた。ベアトリスは、壁にかかったこれまでのドラゴン・マスターの肖像画に目をやりながら、ぼくについて来た。

ドラゴン・マスターの事務所はしまっていた。でも反対側のドアは開いていた。ティブスさんの名まえをよんで、ノックしてみた。でも返事はなかった。中をのぞいてみると、そこはすごい部屋だった。

ドアの近くの独特な箱型のケースは見覚えがあった。ドラゴンの粉が山積みされた銀のトレイが納められていたはずだ。ドラゴンの粉は、多くのドラゴン学者にとって非常に価値のあるものだ。ベアトリスとぼくが初めてトーチャーの卵を見たとき、イグネイシャス・クルックがイドリギアにかけた魔力に反撃するために使ったことがあった。

書見台に開いた本が載せてあった。それは、ぼくたちもよく知っている「リベル・ドラコニス」だった。そのページは、ドラゴンが吐く炎によって文字がよみがえるまで、白紙のままだった。それなしには、ドラゴンが受ける災難の解決法を探るというぼくたちの使命を果たせないはずだった。

ドラゴン・マスターのシンボルのドラゴン・アイが、反対側の台の上にある赤いクッションに載せられていた。強敵であるイグネイシャス・クルックに奪われたものをドレイク博士が取り返した美しい宝石だ。

ぼんやり考えこんでいて、ティブスさんが部屋の真ん中でぼくたちに背を向けて立っているのに、最初は気づかなかった。ぼくは思わずこんにちはと言いかけたが、ベアトリスが急にぼくの腕をつかんで、彼のすぐ前の飾り棚を指さした。ぼくはハッと息をのんだ。というのは、その棚には、まだアレクサンドラ・ゴリニチカが持っていると思っていた3つの宝物があったからだ。

一つ目は、ドラゴンを呼びよせたり操ったりすることができるセント・ギルバートの角。二つ目は、スプラターファックス。伝説によると、敵に岩の雨を降らせることができるアミュレット（魔よけ）だ。三つ目は、セント・ジョージの槍。ドラゴンを完全に殺すことができる数少ない武器の一つだ。

「それらを取りもどしたんだ！」ぼくは大声を出した。

ティブスさんは驚いてパッと振り向くと、ぼくたちに気づいて顔をひきつらせた。彼の手には、中国ドラゴンの実物大の金の爪があった。5本のかぎ爪が巨大な輝くダイヤモンドをつかんでいる。ぼくはしばらく言葉が出なかった。ぼくは見たことがなかったけれど、すぐにそれが「ドラゴンのかぎ爪」にちがいないと思った。

「でも、悪のドラゴン結社がS.A.S.D.の宝物を奪っていったはずだ！」ぼくは大声を出した。「どうやってすべての宝物をここに保管していたんですか！」

ティブスさんはぼくを馬鹿にするかのように、耳障りな声で笑った。
「S.A.S.D.がここに本物の宝物を保管していると思っていたのかね？　みんなレプリカさ。上級ドラゴン学者に教えるときだけに使ったのだよ。君もよく知っているように、ドラゴンは決して本物を手放そうとはしない」
「もちろん知っていますよ」ぼくは少しきまり悪そうに答えた。
「ティブスさん、恐ろしいことが起こっているんです」ベアトリスが口走った。
「驚かさないでくれ」ティブスさんが答えた。「今、何をしていたのかね？」
「何もしていませんよ。トーチャーがどこかへ行っちゃったんです」
「ほら、何かしていたろう！」ティブスさんは大きく舌打ちし、信じられないとでもいうかのように首を振った。
「君たちを二人だけで森に置けば、よくないことが起きることはわかっていたんだ。君たちも、ビリーとアリシアと一緒にチディングフォールド男爵のところにいたほうがいいんだ」怒りが一気に高まったように、ティブスさんはつけ加えた。「いったいどうやって赤ん坊ドラゴンを見失ったというのかね？」

「はい、トーチャーが自分の火袋に入れていた火打石と黄鉄鉱を、エラスムスが取り出させようとして」ぼくがそう話しはじめると、「そうしたらトーチャーがあわてて走り出したんです」ベアトリスが結んでくれた。

ティブスさんはぼくたちを鋭く見つめた。

「トーチャーは、あの成長し過ぎた青年ドラゴンにではなく、君たちに任せられていると思っていたが？」その声はまるで怒鳴りつけるようだった。

「神秘といにしえのドラゴン学者協会全体が活動を休止して、君たちが世話すべきだったお馬鹿な赤ん坊ドラゴンの捜索に手を貸すことを、君たちは望んでいるのか？」

ティブスさんは棚の上のドラゴンのかぎ爪の位置を変えた。

「教えてくれ」彼は怒りを鎮めて言った。「いったいどこでトーチャーを見失ったんだ？」

「トーチャーは脱皮したあとで迷子になったんです」

「それでエラスムスににおいを追ってもらったの」ベアトリスは真剣になっていた。

「森の中で彼をさがしていると、トンネルがあって、その中でこれを見つけたんです」ベアトリスは指輪を引っぱりだして、ティブスさんに見せた。

「何だって！」彼は少しのあいだぼう然としていた。そしてベアトリスから指輪をひったくると、注意深く調べ、「だれかほかの人に見せたのか？」と尋ねた。

「エラスムス以外はだれも」ベアトリスは首を振りながら答えた。

「ああ、もう一つ伝えることがあります」ぼくは口をはさみ、ティブスさんがこちらに注目したことを確認してから言った。「トーチャーはバシリスクと一緒です」

「だれとだって？」ティブスさんはしどろもどろになっていた。

「エラスムスは、あのにおいはバシリスクにまちがいないと言っていました。ぼくたちはにおいを追いかけてロンドンに来たんです」

ティブスさんは頭をかきむしった。「バシリスクがトーチャーをロンドンに連れてきたって？　そうエラスムスが言ったんだね？　バシリスクか、うーん。そしてセント・レオナードの森……ロンドン……」突然彼は頭を後ろにそらせると、高笑いを始めた。

「わかったぞ！」彼はそう言いながら指を鳴らした。「ハハハ！　これは愉快だ！」
「何がそんなにおもしろいんですか？」ベアトリスは顔をしかめた。
「わからんかね？」ティブスさんは笑いすぎて、気を取り直すのがたいへんそうだった。「セント・レオナードの森にはバシリスクなんかいるはずがないんだ。エラスムスは君たちをドラゴン流にひっかけたのさ。たぶん、君たちにドラゴン学のレッスンをするようにドレイク博士から言われたことの腹いせさ。なぜ彼がそんなことをするかわかるかね？」ティブスさんはもう一度腹を抱えて笑いだした。
「それはな、エラスムスが心底子どもが嫌いだからだよ」
ベアトリスとぼくは顔を見合わせて、何も言うことができなかった。
「でも指輪はどうなんですか？」ぼくは問いつめた。
ティブスさんはうるさそうに手を振った。
「ああ、それは、エラスムスがそこに指輪を置いて、悪のドラゴン結社の騎士が攻撃してきたように見せかけたのだろう」

「でも、エラスムスはぼくたちが指輪を見つけたトンネルの中に入ることはできなかったんですよ」ぼくは冷たく言い放った。

「トーチャーのことは？」と、今度はベアトリス。

「トーチャーはまちがいなく無事だし、いつものようにいたずらをしているんだろう」

ティブスさんは、笑い涙をぬぐいながら言った。「きっとエラスムスが、人間の影響から逃れさせるためにトーチャーをどこかに隠したのだろう」

「じゃあ、悪のドラゴン結社の指輪は、どこでエラスムスが見つけたっていうんですか？」ぼくはしつこく食い下がった。

「ふん、自分の母親が持っていたのを彼が借りるのなんて、わけないさ」

ティブスさんは何でも答えられそうだった。

「ブライソニアは昔、気性が激しいことで有名だった。彼女が悪のドラゴン結社の指輪を何個もため込んでいるのは、確実だ」

「でも、なぜエラスムスはこんな大事なときに悪ふざけなんて？」ぼくは叫んだ。

「とにかく、今起きていることをドレイク博士に伝えて、どうしたらいいか聞いてくれませんか、お願いです！」

しかし、ティブスさんはそんなぼくたちの言葉にほだされなかった。

「ドレイク博士は今は自分のことで手いっぱいのはずだ」

「でもドレイク博士は、悪のドラゴン結社の脅威は真剣に受け止めなければならないと言っていたんです」ベアトリスは言い返した。「少なくとも彼には知らせなくちゃ」

ティブスさんの顔から笑いが消えた。

「ドレイク博士に知らせるか、知らせないかは、私が決める」怒鳴り声だった。

「馬鹿げた話にはうんざりだ。君たちには二つの選択肢がある。ビリーとアリシアと一緒に、エラスムスの子どもじみた遊びにつき合わされることのない場所にいるか、家に帰っておとなしくしているかのどちらかだ」

「エラスムスはぼくたちにいたずらを仕掛けたのかなあ？」廊下をもどりながら、ぼくはベアトリスに尋ねた。
「どちらかといえば、彼はまじめだから、自分の悪ふざけにのぼせ上がっているのよ」
ぼくは顔をしかめた。「やることは一つだよ。ドレイク博士に伝えなくちゃ」
「でもどうやって？」ベアトリスは半べそをかいていた。
「ティブスさんには助けてもらえないし、フライトさんは私たちの話を、ティブスさんに差しもどすだけよ」
「ビリーとアリシアは？」ぼくは明るく言った。
「自分たちのお父さんに話してくれるかもしれない」
「でも、私たちより早く、お父さんかドレイク博士に会えるかしら」
「それじゃあ、エラスムスに、ぼくたちに正直に打ち明けているかどうか聞いてみようよ」ぼくはきっぱりと答えた。
ティブスさんの事務所を通り過ぎようとしたとき、ぼくは衝動的にドアを開けた。
「ダニエル、何をするの？」ベアトリスが大きめのささやき声で問いつめた。

「ティブスさんについて、どうしても信用できないことがあるんだ」ぼくは小声で答えた。「彼はドレイク博士に反対していたし、ぼくたちが言ったことを何も信用しないで、いちいち口実を見つけていたよね」

中に忍び込んでみると、驚いたことに、小さい部屋に物がびっしりと詰め込まれていた。とくにびっくりしたのは、部屋じゅうに本や書類が散らばっていたことだ。まるで、大事な試験の前日の学生の部屋のようだった。ぼくは、机の上の1冊の大きな本に目が留まった。それには、「秘蔵物の手引き―古代からのドラゴンの宝物　アルキメデス・クルック著」と表紙にあった。

「秘蔵物の手引き！　何てすてきなタイトルなんだ！　どうして今までこの本を知らなかったんだろう？」

「それはね、ダニエル。S.A.S.D.にある本のいくつかは、上級ドラゴン学者だけしか利用できないからなの」ベアトリスが静かにさとした。

「まるでティブスさんが何かを探していたみたいだ！」

表紙を開けると、ティブスさんがふせんをつけたページがあることに気づいた。そのページにあるドラゴンのかぎ爪の詳細な絵に目が留まった。下に説明が書いてあった。

「ダイヤモンドはある種の毒の働きを妨げ、狂気をおさえ、不安を取り除く。プリニー長老」

「これを見て！」ぼくは興奮のあまり、大声を出した。

「ティブスさんはドラゴンのかぎ爪のレプリカを調べていたんじゃないよ！」

「シーッ、ダニエル！」ベアトリスはやさしくたしなめた。

「ティブスさんがもどって来る前に本を閉じたほうがいいわ。もし自分の事務所が調べられているところを見たら、私たちをここから放り出そうとするはずよ。とにかくドレイク博士にメッセージを届けなきゃ」

「ここに書いてあることを読んでみるよ」

それは無視できなかった。ぼくは少し声をひそめて続けた。

ドラゴンのかぎ爪に取りつけられたダイヤモンドは現存する中で最大のものであり、かの有名なコイ・ヌール・ダイヤモンドより数倍大きく、計り知れない価値を持つ遺物である。ひとたびその存在が知れるや、この宝を手に入れるために、いかなる王や皇帝も自らの領土を投げうつであろう。

「信じられるかい？　アルキメデス・クルックってだれだろう？」

「彼はエベニーザーの前のドラゴン・マスターよ」ベアトリスが答えた。

「彼らは関係があるはずよ」

ぼくは、机の上にあった紙きれにそのことをメモした。

そのとき、机の上にふせんのついた新聞があるのに気がついた。ふせんは、「ロンドン塔の敷地内から奇妙な骨格が出土：は虫類と鳥類のあいだのミッシング・リンクか？」という新聞の見出しにつけられていた。

ぼくがその記事を読もうとしたまさにそのとき、ベアトリスが大きく息をのんだ。

口に指を当てながら、ぼくは振り向いた。ベアトリスは壁にとめられている紙切れを指さした。そのいちばん上にはドラゴン文字があり、その下にこう書かれていた。「Mort aux Dragons」。さらに「悪のドラゴン結社への忠誠の誓い」とラテン語で書かれていた。

「でも、ティブスさんは悪のドラゴン結社を信じていなかったんじゃないの？」

「どちらにしても、どうして彼はこんなに徹底的に調べまくっていたのかしら？」

ベアトリスは茶色に変色したボロボロの紙に描かれた古代の地図を指さした。それは忠誠の誓いの隣にピンで壁にとめられていて、迷路のようなトンネルが中央の部屋に導く迷宮が描かれていた。それには、「ドラゴンの墓地（Les Catacombes Des Dragons）」とタイトルが記されていた。

「ドラゴンの墓地」ぼくは息を飲んだ。「何のことなの？」

「わからないわ。でも……ちょっと待って！　だれか来る！」

廊下を足音が近づいてきた。数秒後にドアが開け放たれ、怒り狂ったティブスさんが入ってきた。

第7章　誘拐

ドラゴンを確実に死に至らしめる秘密のスポットが、ただ1か所ある。うろこに覆われた腹をのぞき込めば見つかるはずだ。柔らかくて、円形で、手のひらほどの場所。そこを打つのだ……深く、深く！

――『マレウス・ドラコニス』（ドラゴン・ハンマー）エドワード一世

家へと向かう旅はなかなか進まなかった。馬車の窓から情けない気持ちで外をながめていたぼくたちの頭に、さっき聞いたティブスさんの言葉が鳴り響いていた。

「そうか、これが君たちの計画だったんだな？」彼はそう怒鳴った。

「赤ん坊ドラゴンが行方不明になったというつくり話をしてみろ。わたしの気をそらせるだろうよ。それからわたしの事務所を荒すんだな！」

「ティブスさんは本気でぼくたちをドラゴナリアから締め出したと思う？」ぼくは勇気をふるって聞いた。

「ええ、まちがいなくね。ティブスさんはよく怒るでしょ。でもあんなに怒り狂ったのは初めて見たわ」とベアトリス。

「爆発するんじゃないかって思ったよ」ぼくはクスクス笑いながら言った。

ベアトリスは弱々しく笑ったが、それもすぐに消え、「エラスムスはうそなんてついていないと信じるわ」とつぶやいた。

「どうやったらトーチャーを助けられるんだろう？」ぼくは嘆くだけだった。

「もう一度エラスムスに行ってもらって、ティブスさんに気をつけるように、ドレイク博士に警告してもらわなきゃ！」ベアトリスは意を決した。

「絶対何かうさんくさいことが起きているはずよ」

ドラゴンズブルックにもどると、ダーシーとエラスムスがぼくたちを待っていた。

「何か新しいニュースは？」ダーシーが心配そうに尋ねた。「トーチャーは見つかった？」

「ううん、ティブスさんに会っただけだよ。彼はものすごく怒っていたし、とても怪しげな行動をしていたんだ」ぼくはそう告げた。「とくに、ぼくたちが彼の事務所に入りこんでいるのを見つけたあとはね」

「何てこった！」ダーシーは信じられないというようすで首を振った。

「わたしたちはドレイク博士にメッセージを早く届けなきゃならないの」とベアトリスは言うと、ドラゴンのほうを向いて真剣な顔つきで話しかけた。

「エラスムス！　私たちに隠していることはない？」

フロストドラゴンは戸惑いの表情を見せた。

「わしがおまえたちに伝えていないことがあるというのか？　わしはロンドンを2回まわったが、トーチャーやバシリスクが町から出ていった形跡はどこにもなかった」

「ティブスさんは、あなたがぼくたちにいたずらをしたんだって、言っていた」

「いたずら？」エラスムスはドキリとしたようだった。

「なぜわしがそんなことをしなきゃならんのだ？　いたずらなどというのは人間の子ど

もがすることで、ドラゴンはやらん。それがもし謎かけだったとしても」
「そう、ぼくたちには謎かけなんかしている時間はないんだ。さあ……」
ぼくがそう言いかけたとき、ドアベルが鳴った。予告なしにお客さんが来るなんて、めったにないことだ。とくにこんな時間に、両親もいないというのに。
「つけられてきたんじゃないの？」ダーシーが低い声で尋ねた。
「だれもいなかったわ」ベアトリスは答えながら、駅からおんぼろの馬車に乗って帰ってきた旅を思い出していた。
「ぼくが見てくる」ぼくは扉に向かった。
「エラスムスはどうする？」ダーシーが聞いた。
「ここにいて。もしエラスムスを隠す必要があったら、口笛を吹くから」
ぼくは玄関を開けた。そこにはだれもいなかったが、馬が走り去る音が聞こえた。ぼくは訪問者の形跡がないか、注意深く庭に目を配った。
下を見ると、玄関前の階段に封筒が置いてあった。「ダニエルとベアトリス・クックへ」

と宛名書きがあった。ひっくり返すと、体じゅうの血が凍りつくようだった。封筒の裏にドラゴン文字の浮き出しがあったんだ！

ぼくはつばを飲み込み、みんなに伝えるために駆けだした。

「だれだかわからないけど」ぼくは息を切らしながら、封筒を高く掲げ、裏にあるドラゴン文字の印を示した。「これを置いていった！」

ベアトリスは手で口をふさぐと、次に「開けて！」と叫んだ。

ぼくはドキドキしながら封を切り、手紙を取り出して読んだ。

ダニエルとベアトリス・クックへ

おまえたちが溺愛している赤ん坊ドラゴンのトーチャーを預かっている。「ドラゴンのかぎ爪」として知られる宝物をこちらによこさなければ、彼の命は風前のともしびだ。おまえたちのことはすべてお見通しだ。おまえたちならその宝物を見つけられるはずだ。トーチャーにもう一度会いたかったら、だれにも話さぬことだ。

今から2日後の朝10時に、トラファルガー・スクエアに近いエレナー交差点のそばで、私の代理人がおまえたちを待っている。代理人はえりに赤い羽根をつけている。彼の指示に従うこと。注意しろ、そして時間は正確に！

ドラゴンに死を！　―D

ベアトリスは手で顔を覆った。「かわいそうなトーチャー。悪のドラゴン結社に誘拐されたんだわ！　信じられない！」

「あいつらが卑劣だってことはわかっていたよ」ダーシーが苦々しく言った。「ドラゴンのすみかを守っても、やつらを止めることはできなかった」

「そうだね」とぼくは言いながら、何か希望はないか考えていた。「少なくともだれがトーチャーを捕まえているかはわかったというわけだ」

「だけど、どうやったら取りもどせるの？　それと、どうやってドラゴンのかぎ爪を探せって言うの？　どこにあるかもわからないのよ」ベアトリスの嘆きが続いた。

「でも、どんなものかはわかるよ」ティブスさんが手に持っていたレプリカを描いてみた。「レプリカを手に入れることができれば、本物の代わりになるんじゃないかな？」

「ティブスさんは私たちを近寄らせないわ」ベアトリスが思い出させてくれた。ぼくは、店を出るときのティブスさんの怒った顔を思い出していた。

「本物のドラゴンのかぎ爪のありかは、わしが知っている！」思いがけず、エラスムスが言いだした。ぼくたち3人は、希望をもって彼のほうを向いた。

「スクラマサックスがそのガーディアンだ」エラスムスは続けた。

「トーチャーの母親でしょ。よく知っているよ！」ぼくは思わず叫んだ。「自分の子どもが危険な目にあっているんだから、スクラマサックスは助けてくれるよ」

スクラマサックスは具合が悪く、2日前のドラゴン幹部会には出席していなかった。イグネイシャスに魔法をかけられたイドリギアによって、傷つけられたためだ。

「確かに彼女はトーチャーの母親かもしれない」とエラスムス。

「しかし、これだけは言える。ドラゴン協会の会員として、彼女はこれまでもそしてこれからも、自分が守ると誓約した宝物を引き渡すようなことはしない。たとえ自分の子どもの命がかかっているとしても、卑劣な脅迫に屈するようなことはない」

「とにかく、ドレイク博士にメッセージを届けよう！」ダーシーが促した。「彼だったら何をすべきか教えてくれるはずだよ」

「その必要はない」自分の爪を研ぎながらエラスムスが言った。「それに、どうしたって、トーチャーの命を危険にさらすことに変わりはない。まちがいなく、復讐には絶好の機会だ！」エラスムスは頭をもたげ、意味深長に遠くを見つめた。

「おまえたちとともにエレナー交差点まで飛んでいき、その代理人とやらをぶっ倒して、トーチャーをどこに隠したか白状させてやる！　あのにっくき悪党どもに、これまでドラゴンを殺してきたことを必ず後悔させてやるんだ。わしのしっぽと爪でやつらをたたきのめし、氷のひと吹きで氷柱にしてやる！」

エラスムスがそれほど興奮しているのを初めて見た。最初に会ったときとはまったく別のドラゴンのように見えたので、ぼくは吹き出しそうだった。ところがベアトリスはそれほどはおもしろがっていなかった。

「エラスムス！　もともとあなたがトーチャーを放っておかなかったら、何も起こらなかったのよ！」

「だからこそ、わしは自分の名誉にかけて事を納めなきゃならんのだ」エラスムスは殊勝な態度を示したが、ぼくは信用しなかった。

「でも、あなたは昼でも夜でもトラファルガー・スクエアまで行くことはできないわ」ベアトリスが念を押した。「ダーシーに従うのよ。まずやらなきゃならないのは、ドレイク博士に伝えることよ」

「待って！」ぼくはそれに割り込んだ。

「晩餐会のときに首相が話したことを思い出して！　S.A.S.D.に裏切り者がいるってこと。ドレイク博士へのメッセージが途中で邪魔されたらどうなる？　ぼくたちが脅迫の手紙のことを博士に話したことを裏切り者が知ってしまったら、トーチャーはどうなっちゃうの？　殺すって言っているんだよ！」

「それじゃ、悪のドラゴン結社にドラゴンのかぎ爪を渡すことを考えたほうがいいってことね。トーチャーの安全を確認したあと、かぎ爪を取りもどせばいいってことね」

ベアトリスも考えにふけっていた。

「脅迫に屈するのか？」エラスムスはうなり声を出し、首を背けて、信じられないといったようすで目を閉じた。「あり得ない！」

「わからないことがあるの。悪のドラゴン結社はなぜドラゴンのかぎ爪を欲しがるの？」と、ベアトリス。

「それが最大の武器の一つだからだ」エラスムスが答えた。

「２０００年以上前の中国の支配者、武王のためにつくられたときは、善行のために使われるはずだった。しかし、王の家臣の一人によって盗まれたときから、諸悪の元凶となってしまった。おまえたちはレプリカを見たと言ったな？」

「うん、見たよ」ぼくは勢いよくうなずいた。

「よろしい。それでは、それが大きなダイヤモンドをつかんでいる中国の龍の爪だということがわかるだろう」

エラスムスの説明はこうだった。何百年も前に、爪は、サラセン王国との戦いで騎士を倒した褒美として、ノーフォーク伯爵に与えられた。彼はすぐに、その偉大な宝物を強力な武器に変えるチャンスに目をつけた。

伯爵は、戦争に使う兵器をつくる専門家だった。彼がつくった兵器の一つに投石器があった。つまり巨大な石弓だ。当時は、鋭い切れ味をもつサムライの刀のほかは、ドラゴンを殺せる武器はなかった。その刀は東アジアの日本でしか入手できない。ほとんどの武器は、ドラゴンの厚いうろこに覆われた皮を突き破ることができなかったのだ。

ところが伯爵は、ダイヤモンドが自然界のすべての物質の中で最も硬いものだということを知って、実験をした。ある戦いで、投石器にドラゴンのかぎ爪を取りつけた。いざ試してみると、それがほとんどすべての物体を貫くことがわかった。もちろんドラゴンの皮も。彼はそれを発見した功績で、悪のドラゴン結社の初代の指導者となった。

エラスムスはさらに続けた。最終的に悪のドラゴン結社からドラゴンのかぎ爪を手に入れたのが、ベアトリス・クロークだった。彼女は戦いのさなかに、死にかけたドラゴンの横腹に深く突き刺さっていたのを見つけたのだ。

「悪のドラゴン結社はその後間もなく敗れた。そしてドラゴンのかぎ爪もそれ以来、日の目を見ることはなかった」エラスムスの話が終わった。

「悪のドラゴン結社の歴史についてずいぶん詳しいんだね」ダーシーは、見るからに感銘を受けたようだった。

「そしておまえたちがほとんど知らないことについてもな」彼はすぐに言い返した。

「ドラゴンは本から学ぶことはしない。その習慣は失われたか忘れられたのだろう。学ぶことはすべて脳に刻み込まれるから、思い出せるんだ。ドラゴンのアプレンティスとして、わしは、すべてのドラゴンが、我々の協定の中核をなす宝物の歴史を知るべきだと思う。そうじゃないかね？」

エラスムスは一人ひとりを鋭く見つめた。そしてすぐさま話題を変えた。
「おまえたちはドラゴンの赤ん坊を救わなくてはならんのじゃないか？」
「エラスムスの言うとおりよ！　何かしなくちゃ！　そう、スクラマサックスに話してみるのはどう？」とベアトリス。
「それがいいだろう」エラスムスが同意した。「わしが案内する」
「だめよ、エラスムス」ベアトリスには頭の中に何か計画があるようだった。
「ここで別れましょ。あなたはダーシーとドレイク博士を見つけてちょうだい。今起きていることを全部話せば、彼は何をすべきかわかるはずよ。くれぐれも秘密に進めてね。裏切り者についてはまだ知らせたくないわ。それがだれであってもね」
「全員一緒じゃだめなの？　絶対にそのほうが安全だよ」ぼくはちょっと心配だった。
「だめよ」ベアトリスが言い返した。
「失うものが多すぎるわ。トーチャーは今、生きるか死ぬかの瀬戸際なのよ！　私たちは列車で、スクラマサックスのところに行くのよ」

ぼくたちは以前にベンウィヴィスで同意したことがある。ドレイク博士から連絡をもらうまでは、巣への入口を守ろうとするS.A.S.D.の会員であっても、信用するなということだ。そのうえで、トーチャーを助けるためにスクラマサックスを説得するのだ。

「ほかの方法は考えられないわ」ベアトリスはため息まじりに言った。何が起きるか想像すると、二人ともハッピーになれるわけがなかった。

「気が進まないけど、期限までに2日しかないし……。わかったよ。何でもやろう」

ダーシーとエラスムスはドレイク博士の捜索に出発した。ベアトリスとぼくはお父さんが使っていたドラゴン学者用の道具と、お母さんが食料を買えるようにくれたお金を準備した。数時間のうちには、ぼくたちはキングスクロス駅に向かい、エディンバラ行きの寝台列車に乗っているはずだ。

第8章　アンダーソンさん

ドラゴンのあいだでは、宝物は大きな価値を持つ。今後汝が見いだすものはすべて王にさし出すのだ。残りは、金であろうと銀であろうと宝石であろうと、保管するなり処分するなり、望むままにするがよい。

――『マレウス・ドラコニス』（ドラゴン・ハンマー）エドワード一世

列車は朝8時にエディンバラ駅に到着した。トーチャーのことが心配で一睡もできなかったぼくは、疲れ切っていた。ベアトリスも似たようなものだった。二人が個室を出ようと立ち上がったちょうどそのとき、肩幅の広い男の人が入口に立った。

「君たちはクック家のベアトリスとダニエルかね？」彼は明るく尋ねてきた。

ぼくは眠たげにうなずいたが、自分たちの使命が秘密だったことを思い出した。

「ありがたい。やっと見つけた」男の人はぼくのベッドの端にすわった。

「ドレイク博士から行くように言われたんだ。私の名まえはアンダーソン」
ぼくは、その人がこぶしを横に下ろし、1本指で床を指したのを見た。ドラゴンの弟子のサインだった。ぼくが同じサインをすると、彼はウィンクをした。
「ドラゴンは飛ぶとき……？」彼の問いかけに「目でそれを探す」と答えた。
「すばらしい！　君たちはほんとうにベアトリスとダニエルなんだね。用心するに越したことはないさ。私は協会のスコットランド支部で働いている者だ。最初からすまないが、今、君たちは危険の真っただ中にいることを告げなくちゃならない」
彼は、ぼくたちの頭のてっぺんから足のつま先まで眺めながら言った。
「君たちはつけられているよ」
「悪のドラゴン結社ですか？」ぼくはそう尋ねながら、念のために窓の外を見た。
「こちらに来て」アンダーソンさんが静かにぼくたちを導いた。
「やつらとやり合うなんて、狂気の沙汰さ。まずはうまくまいて逃げるんだ」
彼はパッと立ち、個室から出ると、廊下を確認した。

「顔を隠せるものがあるかい？」
「耐炎性のマントがあります」ぼくは荷物に手を伸ばした。
「いいアイディアだ」アンダーソンさんが答えた。「頭の上まで引っぱり上げて！」
心配してくれる大人がいてホッとした。ベアトリスとぼくは言われるままに顔を隠して、アンダーソンさんのあとを急いだ。
「廊下を進んで、駅の端のほうで降りよう。それなら、人目に触れずに済むはずだ」
ぼくたちは何事もなく廊下を進み、列車を降りて待合室にサッと入った。
「ここで待っていて。荷物置き場から持ってくるものがあるんだ」とアンダーソンさん。
数分後にもどってきたとき、彼は重そうな長い木箱を後ろに引きずっていた。
「これは何ですか？」
「心配することはないよ」アンダーソンさんは言った。
「追手の男たちを、今プラットホームで見かけた。いきり立っているようだった。さあ、つぎにどこに行けばいいかな？　ドレイク博士の電報は短かったんだ。ただ、彼が到着するまで君たちに危害が及ばないよう守ってほしいということと、私が君たちに会ったら、すべてを説明してもらえるはずだということだった」

「ぼくたちの両親のことは何か知っていますか？」

「残念ながら何も。ただ、ドレイク博士が我々に追いつくまで待つべきではないと思う。あとで彼が最新のニュースを知らせてくれるさ」

「でも、私たちがどうすべきか、博士は何も言ってくれなかったんですか？　それに、どうして自分で来ないんですか？」ぼくはベアトリスの質問にドキッとした。

「ドレイク博士はできるだけ早く来ると約束したよ。でも今、彼は危険な状況にいるんだ。我々が考えていたより、悪のドラゴン結社がさらに強力になっている。やつらはどうも、時間をかけて再結集しているようなんだ」アンダーソンさんは深刻そうに答えた。

「博士は君たちの以前の冒険を私に話してくれ、君たちはとても能力の高いドラゴン学者だと言っていた。君たちなら正しい道を進んでくれると信じているようだよ」

「ぼくたちは、ベンウィヴィスに行かなきゃならないんです」ぼくがそう言ったとき、ベアトリスがキッとにらみつけたのがわかったが、ぼくは気づかない振りをした。
「スクラマサックスに急いで会う必要があるんです」
「ベンウィヴィスにだって？」アンダーソンさんは大げさな声をあげた。
「それでは、インヴァネス行きのつぎの列車に乗らなくては。ついておいで。あまり時間がないよ」彼が箱を持ち上げると、皆で跨線橋を駆け上がり、別のプラットホームへの階段を下りた。そして、車掌の笛が鳴り響くと同時に列車に飛び乗った。
アンダーソンさんはぼくたちを個室に案内し、ブラインドを下ろした。彼はドアのそばにすわり、追手が来ないかを注意深く見ていた。列車がグランピア山脈の渓谷を煙をはきながら進むあいだ、トーチャーがいなくなったあとのすべてのことをぼくは説明した。ベアトリスは最初のうちは疑っていたが、アンダーソンさんがぼくたちに同情してくれたので、だんだん敵意が消えていったようだった。
「こんな戦いに子どもを巻きこむなんて、あいつらはどこまで落ちぶれたら気が済むんだ！　でも安心しなさい。悪のドラゴン結社からどんなやつが来ようとも、私が追っ払ってやるよ。ドレイク博士が来られなくても、ドラゴンのかぎ爪を見つけてトーチャーを救ってやろう」

「でも、スクラマサックスは私たちにドラゴンのかぎ爪を渡さないでしょう？」心配で額にしわを寄せたベアトリスが言った。「ドラゴンはどんな犠牲を払っても、脅威に屈することはないとエラスムスが言っていました」

「そんなに不安になることはないさ」アンダーソンさんがなぐさめてくれた。

「なんとか説得してみよう。正しい方法で近づきさえすればいいんだから」

「スクラマサックスを知っているんですか？」ベアトリスの顔は、希望に輝きはじめた。

「いいや、残念だが。私はもっと西の、ヘブリッジスのほうで働いていたんだ。でも、ドラゴンに関係する場所については、経験は豊富だよ」

列車がインヴァネス駅に入ると、アンダーソンさんはぼくたちを個室に待たせ、荷物を下ろし、プラットホームに追手がいないか見てくれた。

「大丈夫！」もどってくるとそう言い放ち、ぼくたちを駅前広場に連れ出した。

「移動の手配をしたんだ」彼はにこやかに、二輪馬車を指し示した。ベアトリスとぼくは顔を見合わせた。ぼくたちだけだったらこんなに手際よくできただろうか？

「河口をフェリーで横切って、ディングウォール経由で進めば、ベンウィヴィスはここから20キロメートルほどだよ」

「それって、どれくらいかかる……」ぼくが尋ねようとしたとき、ベアトリスがもっと差し迫ったことを聞いた。

「それには何が入っているの？」例の木箱が、馬車の後ろにしばりつけてあった。

「駅に置いていけば、もっと早く行けるんじゃないですか？」

「たいしたものじゃないさ。ドラゴン学に関する備品だよ」アンダーソンさんは気にするなとでも言いたげに手を振りながら答えた。「きっと役に立つはずさ」

「どんな種類の備品なんですか？」ぼくは純粋な興味から聞いた。

「使う理由が生じたら、中身が何だかわかるはずだよ。ただ今は時間がない。ドラゴンの赤ん坊を助けなきゃならない！」

アンダーソンさんは馬車の前に乗り込み、ぼくたち二人が乗るのを待って、馬にむちを振るって駈け出した。

道は最初、思いのほかなめらかだったが、じきにでこぼこの泥道に入った。ベアトリスとぼくは振り落とされまいと、つかまっていた。馬車はその後無事にフェリーに乗り、ディングウォールを通り過ぎ、山に向かって進んでいった。

ぼくは、アンダーソンさんが何度も後ろを振り向いているのに気づいていた。

「追手が来るって、ほんとうに思っているんですか？」でこぼこ道を走る馬車のガラガラ音に負けまいと、ぼくは大きな声で聞いた。

「エディンバラまではだれかが追ってきていたかもしれない」彼も大きな声を出した。

「やつらはドラゴンズブルックに手紙を残したあとも、君たちを見張っていたはずだ。でも、今のところはうまく逃げているようだね」

「どうして私たちを追いかけているの？」とベアトリス。

「もし、トーチャーと交換する前にドラゴンのかぎ爪を君たちから奪えたら、やつらはトーチャーの命を助ける必要はないんだ。それに、スクラマサックスも殺してしまおうとするかもしれない」

ぼくは突然気分が悪くなった。馬車に酔ったのかもしれない。それよりも、こうして悪のドラゴン結社の追手をスクラマサックスの巣に導いているかもしれないことにむかついたのかもしれない。

やっと馬車が止まったのは、山のふもとだった。アンダーソンさんが振り向き、「ここからは歩かなきゃならない」と宣言した。

「でも、S.A.S.D.から送られた者がスクラマサックスの巣までの道を守っているとしたら、私たちは警戒したほうがよさそうだね」

「その人に助けを求めちゃいけないんですか？」ベアトリスが尋ねた。

アンダーソンさんはおびえたような表情をした。

「それはだめだ！　S.A.S.D.に裏切り者がいるとしたら、だれでも簡単には信じちゃならない」彼は振り向くと山腹を見渡した。「巣への道はどちらかね？」

「入口は山の反対側にあります」ぼくはそう答えた。

「それでは広い道は避けて行こう」アンダーソンさんはそう言うと一度馬車から降り、馬車の後ろに取りつけられた例の箱を持ち上げた。

「中の備品は全部必要なんですか？」ベアトリスが尋ねた。重たい箱があると、確かに遅くなってしまうだろう。

「たぶん必要ないだろう。しかし、ここに置いていくわけにもいかない」アンダーソンさんが答えた。「ダニエル、運ぶのを手伝ってくれないかな？」

ぼくは箱の片方の端を持った。二人でもけっこう重い。箱は揺れ、中でガチャガチャ音がした。こんなにたいへんな思いをして、どれほど価値のあるものが入っているのだろうか？

硫黄のにおいがしてきた。何度もかいだことがあるものだ。道を進むと、肉がきれいにはぎ取られたシカとヒツジの骨が散らばっていた。巣はもう近いはずだ。

ぼくたちは少しのあいだ岩の後ろに身をひそめた。S.A.S.D.から派遣されただれかと出くわしたくなかった。
「だれもいないみたいね」しばらくたってから、ベアトリスが言った。
「ドレイク博士もまだだな」用心深く確かめながら、アンダーソンさんが言った。
「スクラマサックスには私たちが話さなければならないようだね」
ぼくたちは少しずつ、注意しながら巣に近づいた。
「何か考えがあるかい？」アンダーソンさんが小声で尋ねた。彼は箱の片方の端を下げはじめた。ぼくもそれに合わせて箱を下ろした。3人とも好奇心に駆られて、ゴツゴツした岩に囲まれた暗いほら穴の入口をのぞきこんだ。
「とにかく入って、彼女に話してみませんか」ぼくは提案したが、自信がなかった。
「でも、むずかしいかもしれませんね。だってスクラマサックスはとっても気が短いし、自分の子どもを救うためでも、脅迫に屈しないと、エラスムスが言っていました」
「それに気をつけていないと、彼女はトーチャーを探すためにすぐにロンドンへ飛んでいってしまうでしょう」ベアトリスがそうつけ加えた。

「ドラゴンのかぎ爪を渡してくれるよう、説得できると思いますか？」

アンダーソンさんはむずかしい顔つきをした。

「とにかくやるしかないね。ドラゴンは見ず知らずの人間が巣の中に入って来るのを好まないはずだね。君たちは以前にこのドラゴンに会ったことがあるが、私は遠くからしか姿を見てないんだ。君たちが中に入って、外に出て私と話をするようスクラマサックスを招くのはどうだい？　ドレイク博士はもうすぐ来ることを知らせてやるんだ。そうすれば彼女は気分がほぐれるだろうし、外に出てくれば、私から宝物を引き渡すように説得できる」

確かにそれしか方法がなさそうだった。ベアトリスとぼくはろうそくを用意し、トンネルの入口から中へ急いだ。巣の内部は暖かくて心地よかった。しかし、奥に進むと、硫黄の刺激臭が強烈になり、嫌悪感を覚えるほどだった。少しずつ暗さも増し、ほら穴にしみ出した雨水のはね返りがこだまする以外、何も聞こえなかった。

侵入者よけの地面のどくろ印を通り過ぎたころ、ドラゴン文字で書かれたメッセージが壁にあるのに気がついた。以前にこの巣を訪ねたときにそれを解読できなかったことを思い出した。ぼくがろうそくを近づけると、ベアトリスが読んでくれた。

「ここにドラゴンあり」ぼくたちの心は、興奮と不安が入りまじっていた。

「スコーチャーがぼくたちを覚えていると思う？」

「きっと覚えているわよ」ベアトリスはそう言うと、トーチャーの兄さんのことを思い出してほほ笑んだ。

少しして、引っかくような、羽ばたくような音が聞こえてきた。生きものが1頭、飛びはねながらぼくたちのほうに走ってきた。その生きものは真っすぐこちらに向かってきたので、ベアトリスとぼくはびっくりした。熱く、硫黄臭いドラゴンの息がぼくたちの小鼻を刺激し、ザラザラした革のような舌がぼくたち二人の顔をなめ上げた。スコーチャーはぼくたちを忘れていなかった。

「プライシク・ホヤーリ！」

「スコーチャー、待って！」ベアトリスは止めようとしながらも笑っていた。

「プライシク・ボヤール！　でもあなたはお客に対してもっとやさしくしなきゃ！」

彼女はやさしくたしなめた。「そう、あなたに会いに来たの。でもあなたのお母さんにも話すことがあるのよ。ここにいる？」

スコーチャーはぼくたちの前を小走りに進みながら、頭を片方にかしげていた。ぼくたちが前を見られるようにしてくれていたんだ。

ぼくは前にこの巣を訪ねたときのことを思い出していた。トーチャーが生まれる直前だった。スクラマサックスが2、3時間ごとに強烈な炎を卵に浴びせていたのだろう。ひどい熱さだった。しかし、そのとき不快に思った原因は別にあった。イグネイシャス・クルックが一緒にいたんだ。ぼくはその恐ろしい記憶に身震いした。

スコーチャーはぼくたちを中央の部屋に導き、入口のすぐそばで待った。部屋の壁はドラゴンの粉できらめいていた。部屋を満たすものすごい量の宝物を見て、ぼくは息が止まりそうだった。手に持つろうそくの小さな光だけでも、金や銀がきらめき、宝石がちりばめられたアクセサリーが輝いていた。ぼくはその中に、ドラゴンのかぎ爪がないかと思って注意してみたが、無駄だった。
輝く宝物の山の上にスクラマサックスがたたずんでいるのに気がつくまで、少し時間がかかった。大きく呼吸をし、具合が悪そうだった。頭をゆっくりもたげると、空気のにおいをクンクンとかいだ。
「ダニエル・クックとベアトリス・クック！」スクラマサックスはそう言うと、ぼくたちに鋭いまなざしを向けた。
「あなたたちですね！　前に会ってからまだ1日しかたっていない気もしますが、1年以上はたっているのですね？」
「あなたにぜひお知らせしたいことがあるんです」ベアトリスが言った。
「でも、その前にあなたの具合を聞かなくちゃ。傷は治ったんですか？」
スクラマサックスは頭をゆっくりと振った。しゃべる前に、答えはわかっていた。
「イドリギアの牙が私の肉深く食い込んだんです」彼女は見るからにつらそうだった。
「傷が治るまでには1年以上かかります。でも、休んだおかげで、少し元気になった気がします。スコーチャーが助けてくれていますから」

ぼくたちはスコーチャーのほうを向いた。彼は鼻高々のようだった。

「スコーチャーの弟はどうしています？」スクラマサックスが尋ねた。「トーチャーと名づけたそうですね？」

「あの子を自慢に思っていいですよ。トーチャーはドラゴン幹部会で、あなたの代理を立派につとめたんです」ぼくはそう報告した。

「ええ、そう聞いています」スクラマサックスは優雅にうなずいた。「あなたたちがよく訓練してくれたおかげです」

スクラマサックスが体をずらすと、宝物の山から金の鎖や銀食器、また豪華な宝石が下に落ちた。

「今は物騒な時代だし……。ドラゴンの殺し屋たちがもどってきているそうです。それがほんとうかどうか知っているのですか？」

「残念ですが、そのとおりです」ぼくはうなだれた。ニュースがもう伝わっていたので、ちょっと気まずかった。

「それでぼくたちはやってきたんです。つらいことを言わなければならないんですが、トーチャーが悪のドラゴン結社に誘拐されました」

「何ですって？」スクラマサックスは頭を急にもたげた。

「ここにメッセージがあります」ぼくは続けた。「トーチャーを返してほしければ、その見返りに……」ぼくがその先を言おうとすると、突然スクラマサックスが怒りと苦悶で吠えたてた。それがあまりに大きかったので、足元の地面が揺れ、宝物の山がくずれて宝石がさらにこぼれ落ちた。ぼくは、つぎに続く、耳をつんざくようなうめき声を避けようとして耳をふさいだが、無駄だった。

スクラマサックスは鼻の穴から黒い煙をもうもうと上げ、しっぽを乱暴に振り回した。

「トーチャーを誘拐した悪党はどこにいるんです！　そいつらを焼き殺し、爪でずたずたにしてくれる！　私を怒らせたからには生かしてはおかない！　いったい、やつらはトーチャーの命と何を交換しようとしているんです？」

「ドラゴンのかぎ爪です」ベアトリスがこわごわ答えた。
「ドラゴンのかぎ爪ですって？　たとえ私が持っていたとしても、渡すはずがないでしょう！」
「えっ、それってどういう意味……？　ドラゴンのかぎ爪はここにないんですか？」
ベアトリスはがく然としていた。
「あなたがそのガーディアンだって、エラスムスが言っていましたよ！」
ぼくは混乱していた。スクラマサックスは、少し落ちつきを取りもどして答えた。
「確かにそうですが、私は具合が悪い。S.A.S.D.は私の巣を守る者を送ってくれませんでした。でも今は物騒な時世です。だから安全に保管するために、ドラゴンのかぎ爪はイドリギアが持っていったのです。すぐにウォーンクリフのイドリギアのところへ行って、それを取りもどしてください」
ぼくは悔しさのあまりうめき声を上げた。なんと時間を無駄にしたことか！
「でもその前に、どうしてこうなったのか、手短に教えてくれませんか？」

ベアトリスとぼくはここ2、3日に起こったことをすべて話した。スクラマサックスは耳を傾けていたが、額に深いしわを寄せ、目を細めて涙を浮かべていた。

「エラスムスは、ほんとうにドレイク博士のところに行って話をしていると思いますか？」

ぼくたちの話のあとで、スクラマサックスが尋ねた。

「あいつがどれほど人間をきらっているかを知っているのですか？」

「私たちが頼んだようにやってくれると信じています。彼はトーチャーの行く末に責任を感じているみたいでした」ベアトリスが言った。「それにダーシーが一緒です」

「ウーン」スクラマサックスはしぶしぶ納得したようだった。

「それはそうと、今回はあなたたちだけではありませんね。ほかの人間のにおいがしています。いったいだれなんです？　外で待っているのですか？」

「アンダーソンさんです」ぼくはあせって答えた。そのときはもう、イドリギアのところに行ってドラゴンのかぎ爪を受け取り、トーチャーを救いだすことしか考えられなくなっていた。

「神秘といにしえのドラゴン学者協会の会員で、ぼくたちを助けるためにドレイク博士が送ってくれたんです。あなたと話したがっています」

「よろしい。それではアンダーソンに会うとしましょう」

スクラマサックスはため息まじりに、うろこの体をゆっくりとほどき、宝物の山からすべりおりた。動くにつれて、いくつかの宝物がガチャガチャと床に落ちた。

「スコーチャー、見張り！」そう命じられて小さなドラゴンは立ち上がり、気をつけの姿勢をとった。スクラマサックスはトンネルの中を少しずつ進んだ。ぼくたちはろうそくで照らしながら、彼女の数歩前をゆっくりと進んだ。

第9章　ベンウィヴィスの戦い

騎士たちよ進め！　心に喜びを持って、歌を口ずさみながら、あのうろこだらけのけだものを殺すのだ！　汝らの子孫に偽ることなくいつかこう言える日を待ち望むのだ。「ドラゴンなんていない」と。

――『マレウス・ドラコニス』（ドラゴン・ハンマー）エドワード一世

突然に日の光にさらされて、一瞬目がくらんだ。そこに、アンダーソンさんはいなかった。彼は10メートルほど向こうでひざをつき、野砲としか言いようのない銃口をこちらに向けていた。ぼくは敗北感に打ちのめされた。

「ベアトリス、下がって！　銃だよ！」

「おまえは察しがいいな、ダニエル」アンダーソンさんはあざ笑った。

「これは持ち運びできる野戦用の銃だ。なかなか強力なしろものだ。さあ、どちらも馬鹿なまねはよすんだ。できることなら、私だって君たちを傷つけたくない」

「なんて馬鹿だったんだ！」ぼくは泣き叫んだ。

「彼が悪のドラゴン結社の手先だったんだ！」

「あなたはドラゴンを撃てないわ！」ベアトリスが挑戦的に叫んだ。彼女はこれまで、ぼくほどにはアンダーソンさんのことを信用していなかった。ぼくは、今の状況が自分の過ちから始まったことを、だんだんと理解しはじめていた。

「どいていろ！　二度とは言わんぞ。私が欲しいのは、スクラマサックスとドラゴンのかぎ爪だけだ」

「銃を構えたあなたをスクラマサックスが見たら、それを使う前に殺されるよ！」ぼくはただ憎らしかった。なぜこんなやつを信じてしまったんだろう？

トンネルの奥からごう音が響いてきた。スクラマサックスがやってきたんだ。

「スクラマサックス、出ちゃだめ！」ぼくがわめいたのと、アンダーソンが引き金を引くのと同時だった。目のくらむような閃光が走り、雷のような轟音が山腹を揺るがした。

ぼくはあわててベアトリスを引っぱり、小石と泥がシャワーのように降ってくるのを避けようとした。ほら穴の奥の硬い花こう岩に風穴が開けられていた。足元では、小さな石がザーッと山腹を落ちていった。

「まだ小手調べだぞ」銃に再び弾を込めながら、アンダーソンは流し目をくれた。

「何ができるかわかったろう。どいていたほうが身のためだ！」

ぼくたちの後ろのトンネルから、怒りの雄叫びがとどろいてきた。ぼくは必死で立ち上がった、こんな馬鹿げたことはやめさせたかった。

スクラマサックスが怒りに震えてトンネルの入口から飛びだし、アンダーソンに向けて吠えた。オレンジ色の炎が口からほとばしり出ていた。しかし、アンダーソンは動じることなく照準を定めた。ぼくはつぎに起こることを考えると、恐ろしさのあまり息もできなかった。

引き金が引かれた。砲撃でさらに砕かれた岩が、スクラマサックスの脚を直撃した。アンダーソンはしくじったようだ。ぼくは息をついた。とにかく、アンダーソンになんとか近づこうとした。

ドラゴンは再度、怒りの雄叫びをあげた。けがさえしていなければ、彼女はすばやく動き、アンダーソンがつぎの弾を込める前に彼のもとに届いただろう。アンダーソンはそれにはお構いなく、3発目の弾を込め終わった。

しかし同時にぼくはアンダーソンの横に回り込むことができた。一度に二つの目標をねらえないはずだ。

スクラマサックスは、アンダーソンが彼女の急所にねらいをつけようとしているところに飛びついた。彼が無理やり引き金を引こうとしたとき、ベアトリスとぼくが銃身に体ごとぶつかり、3回目の砲撃直前に銃口をそらすことができた。

スクラマサックスはそのしっぽでアンダーソンを一撃した。彼は空高く飛ばされ、5メートルほど遠くに落ちた。彼の脚はおかしな方向に曲がっていた。ドラゴンは彼に突進し、口を大きく広げた。

「だめ、スクラマサックス！」ベアトリスはそう叫ぶと、ドラゴンとアンダーソンのあいだに割り込んだ。「だめ、殺さないで！」

「許すわけにはいかない！」スクラマサックスはわめき、爪を振り上げた。

「だめだ！　やめて！」ぼくも泣き叫んだ。

「なぜです！」スクラマサックスが叫んだ。

「こいつはどろぼうです。しかもあなたたちを殺そうとしたのです！　守る理由は何もないはずです！　そのいまいましい鉄のかたまりを取り上げて、こなごなに砕いてくれる！　私の宝物と、大事な赤ん坊ドラゴンとを取引しようとするなんて、焼き殺して灰にしても足りないくらい！　焼け焦げた骨にかじりついて……」

「やめて、お願い！」ベアトリスは必死に叫んだ。「条約を思い出して！」

「ベアトリスの言うとおりだよ！」ぼくも加わった。「今、人間を殺したり、逆に人間がドラゴンを殺したりすれば、人間とドラゴンの関係は永遠にだめになっちゃうよ！」

アンダーソンはよろよろ立ち上がり逃げようとしたが、脚が折れていたのか、すべって転んでしまった。スクラマサックスはもう一度吠えた。でも、ほんの短い戦いですら、深傷を負った彼女の体には相当こたえていた。

「こいつは私の赤ん坊がどこにいるか知っています！」ぜいぜい息をしながら、ドラゴンはうめいた。「少なくともそれだけは白状させるのです！」

「そのとおりよ。トーチャーの居場所を絶対に知る必要があるわ」とベアトリス。

スクラマサックスはアンダーソンに顔を近づけた。彼はまともなほうのひざに寄りかかり、真っ青な顔をしてふらついていた。銃はほうり出されて、開けられた木箱からは残りの弾がこぼれ落ちていた。

「言うのです！」スクラマサックスはうろこのついた口先を彼の顔に近づけた。

「さあ私の子どもはどこです？」低く、迫力のある声だった。同時に、熱い息を顔に吐きかけていた。アンダーソンは額に玉の汗を浮かべながら、やっとのことで声を出した。

「そ……そこに」言葉をつまらせながら、彼は、空になったはずの木箱を震える手で指さした。「な……中を見て……くれ」

彼が指さす方向をぼくたちが見たとき、彼は精いっぱいの速さで、脚を引きずりながら山を下りはじめた。

スクラマサックスは力尽きドスンと倒れ込んだ。荒く息をしている。ぼくたちだけでアンダーソンを追いかけるわけにはいかない……。ぼくは銃の箱に注意して近づき、中をのぞきこんだ。何か変わったものはとくに見当たらず、わずかにいくつかの道具と、書類があるだけだった。書類を広げてみて、ぼくは息を飲んだ。ロンドンのティブスさんの事務所で見たのとまるで同じ、ドラゴンの墓地の地図だった。

「あいつはどうやってこれを手に入れたんだろう？」ぼくは驚きながら、振り返ってベアトリスに見せた。

「これはティブスさんの地図じゃないの！」彼女は目を丸くし、顔をしかめた。

「ティブスって何てやつなの！　これでも、あの人はこのことと何もかかわりがないっていうの？」ぼくはベアトリスの指摘にあっけにとられてしまった。ティブスさんは政府の役人だし、S.A.S.D.のまさに心臓部に所属している。

「疑いの余地がないじゃないの」ベアトリスは鼻であしらった。
「ティブスさんは私たちをだましていたのよ！　どうしてあの人は、悪のドラゴン結社について秘密に調べていたくせに、その存在を否定していたの？　彼は最初からこの恐ろしい計画にかかわっていたのよ！　よく考えてみて！」ベアトリスはスクラマサックスと同じくらい怒っていた。
「ティブスさんにとっては、ドラゴンの巣の場所を悪のドラゴン結社に教えるなんて簡単よ。私たちを監視するためにアンダーソンさんをよこしたんだわ」
「でも、彼がドラゴンを殺そうとする理由は何？」ぼくは尋ねた。ティブスさんは確かに気が短いし、ドレイク博士に対しても敵対心を持っていたけど、協会を裏切る動機があったなんて考えにくかった。
「私にはわからないわ」ベアトリスは答えた。
「でも、彼がなぜドレイク博士に敵意を持っていたかの理由になるかもしれないわ。晩餐会のとき、首相がS.A.S.D.の仲間うちに裏切り者がいるかもしれないって言ったとき、彼がどれだけ気まずそうだったか思い出してみて」ベアトリスは手を腰に当てて言った。「あの人は裏切り者よ！」

確かにベアトリスの指摘は当を得ている。

「それじゃ、トーチャーがどこにいるかは彼が知っているはずだ！」ぼくは指をパチンと鳴らして言った。

「もちろん」ベアトリスが答えた。「でも、その地図にも手がかりがあるかもしれない」

ぼくは地図を持っていることを忘れかけていた。気を取り直して、もっとよく調べてみることにした。それには走り書きが全面にあり、羊皮紙に書かれた小さなメモがコーナーにとめられていた。メモの筆跡は、走り書きとは違ったものだった。

「ぼくたちが見たときには、こんなメモや走り書き、なかったよね。でも、そのほかはまったく同じでしょ？」

「そのとおりよ。私たちが最後にティブスさんに会ってから、だれかがつけ加えたんだわ。何て書いてあるの？」

「わからないんだ」ぼくは羊皮紙の言葉に注目してみたが、無駄だった。ぼくにとっては無意味な謎めいた言葉だけだった。「たぶんフランス語じゃないかな？」

ベアトリスはメモをぼくの手から引ったくると、「聞いてちょうだい！」と叫んだ。

「メモにはこう書いてあるわ。『L'antrée se situe á la base de la Tour de Lanthorn. 入口はランソーン塔のふもとにある』！」

「それって、どこなの？」

「わからないわ」ベアトリスは肩をすくめた。

「やつらはそこにトーチャーを隠していると思う？」ぼくたちのかわいい赤ん坊ドラゴンが監獄に閉じ込められているなんて、考えるだけでも耐えられなかった。ぼくはふと疑問に思って、「バシリスクについては何も書いてない？」と尋ねた。

「メモにはほかには何も。でも地図を見せて！」ベアトリスは地図を調べた。

「この走り書きは何かの指示のようね。『Appuyez sur les yeux et tirez la langue. 目を押して、言葉を引け』ですって？　意味をなさないわね」

ぼくは地図上にいくつかの文字があるのに気がついた。それらは意味ありげに一辺に沿って並んでいた。「これが解読できる？」

そのうちのAの文字のそばに、目の色以外はまったく同じ3頭のドラゴンの頭が描かれていた。一つは赤い目で、つぎは緑、3つ目は青。さらにその下に文字が書かれていた。

「Pour arrêter les larmes d'acide, fermez l'œil rouge.」

「『酸の涙を止めるために、赤い目を閉じよ』という意味よ」

「フランス語でなかったらよかったのに」

「悪のドラゴン結社の騎士たちが使っていたのはフランス語です」スクラマサックスが、ベアトリスの肩越しに見ながら、か弱い声で説明してくれた。

「馬鹿らしい！　なぜイギリス人がフランス語を話していたの！」

「フランス語は、あなたたちがウィリアム征服王とよんでいる支配者の時代にこの国にやってきたのです。英語が普及したのは、エドワード一世のころに過ぎない……」

「聞いて！」スクラマサックスの歴史の講義をさえぎって、ベアトリスが言った。

「この地図のちょうど真ん中にこうあるの。『Utilisez la Serre du Dragon ici. ここでドラゴンのかぎ爪を使え！』」

そのとき、突然スクラマサックスが叫んだ。

「ドレイク博士です！　イドリギア、エラスムスと一緒に飛んできます！」

「ああ、よかった！」ベアトリスが言ったけれど、ぼくたちにはまだ何も見えなかった。スクラマサックスはどんな人間よりもはるかに優れた視力を持っていた。少しずつ少しずつ、2頭のドラゴンが飛ぶ姿が視界に入ってきた。数分後には、イドリギアとエラスムスはぼくたちから少し離れた山腹に降り立った。ドレイク博士がぼくたちのほうに走り寄ってきた。

「二人とも！　無事だったかい？」博士は近づきながら大きな声を上げた。「早く来られなくって申し訳ない。トレギーグルが攻撃を受けたんだ。君たちのご両親は勇敢だった。しかし、助けなしに敵を撃退することができなかった。エラスムスが到着したときは、まだ激しい戦いのさなかだったんだよ」

「母さんと父さんは大丈夫なんですか？」ベアトリスが心配そうに尋ねた。
「心配ないよ。二人とも元気だ」ドレイク博士はベアトリスを安心させた。
「敵のうち何人かはエラスムスを見ただけで、恐ろしさのあまり凍りついてしまった」博士はそう言いながら、厳しい表情であたりを見回した。そして、銃が地面に転がっているのを見つけると、いっそう顔をこわばらせた。
「ここで何があったんだ？」
「アンダーソンさんが持ってきたものです。銃で山の一部が吹っ飛んでしまいました」
「アンダーソン！　いったい何者だね？」博士はぼくたちと銃を見比べた。
「悪のドラゴン結社のメンバーです。ここへ向かう列車の中で会ったんです。あなたから派遣されたと言っていました」ベアトリスが説明した。
「何だって！」いつも穏やかなドレイク博士が、このときばかりは声を荒げた。
「彼は秘密のサインと合言葉、そのほか全部知っていました」もっと疑うべきだったことを十分承知しながら、ぼくはそうつけ加えた。

ドレイク博士は額の汗をぬぐい、口ひげを引っぱりながら、トンネルの入口周辺の被害のようすを見ていた。

「悪のドラゴン結社が硬い岩でも吹き飛ばすような武器を持っているとしたら、古代の宝物にはたしてどんな必要を感じているのかと、みんな不思議がるだろうな」

彼は射抜くような視線をこちらに向けてきた。「それで、アンダーソン氏は今どこにいるのかね？」

「脚をけがしていますから、まだ遠くには行っていないはずです」ぼくは答えた。

ドレイク博士は向きを変えて、勇敢なドラゴンのほうに歩み寄った。

「それでは、彼がさらに悪さをする前に、イドリギアと私で即刻見つけてやろう」

「待って！」ぼくは叫んだ。博士はその場で止まり、ぼくのほうに顔を向けた。

「アンダーソンさんは良いこともしてくれたんです。裏切り者がわかりました」

「裏切り者？」ドレイク博士は驚いたようだ。「いったいだれだと言うんだね？」

「ティブスさんです！」ベアトリスが、地図を持って答えた。

「なんとまあ！」ドレイク博士は笑い出した。「何かの冗談かね？」

彼はベアトリスから地図を受け取ると、少しビクッとしたようだった。

「いったいどこでこんなものを？……ドラゴンの墓地の地図なんて……」

彼は羊皮紙に注目した。イドリギアも物珍しそうにのぞき込んでいた。

「ティブスさんです！」ぼくは言い放った。

「彼がアンダーソンさんに渡したんです。トーチャーが誘拐されたあと彼に会いに行ったとき、12の宝物のレプリカがある部屋に彼がいるのを見つけました。ドラゴンのかぎ爪を調べていたんです。誘拐犯が欲しがっているものです。彼は、悪のドラゴン結社などないと言っていました。でも、あとで事務所を見たとき、結社に関係するものが山ほど出てきたんです」

「彼の事務所を調べたっていうのかい？」ドレイク博士はぼくたちをひとにらみしたが、とくには驚いていなかった。

「ぼくたちは彼を信用していません」ぼくの言葉に、ベアトリスがつけ加えた。

「トーチャーが消えたことを彼に話したとき、博士にメッセージを送るのを拒みました。それで、彼のことを確認しようと思ったんです」ぼくは、ドレイク博士の顔の表情をこわごわ見ながらそう続けた。「それで、あろうことか、この地図と、悪のドラゴン結社の誓いの言葉の写しをそこで見つけたんです！」

ドレイク博士はぼくたちを交互に見ながら、額に不安そうなしわを寄せていた。

「なんと言ってよいものやら。これはそう簡単なことではないらしいな。ティブス氏は長年にわたってS.A.S.D.の忠実な会員だ。彼がそんなことをするなんて……」

「地図にメモがついていました」ベアトリスが言葉をさしはさみ、メモを渡した。

「ドラゴンの墓場への入口は、ランソーン塔のふもとにあると書かれているでしょ」

「ランソーン塔のふもとだって？」ドレイク博士は繰り返した。

「少なくとも、それは何かを説明しているのだろうな」

「説明って何ですか？」ぼくは尋ねた。

「ランソーン塔というのは、ロンドン塔の一部なんだ。何百年も前に火事で焼けて、遺跡のままで残されていた。しかし、現在復元されようとしている」
「では入口はロンドン塔にあるんですね！」ぼくは興奮をおさえられなかった。
「そして復元工事で掘ってくれるおかげで、悪のドラゴン結社はそこにたどり着けるっていうわけね」ベアトリスが意見を述べた。
「トーチャーを隠しているのも、まちがいなくそこだわ！」
「ティブスさんがドラゴンのかぎ爪を欲しがったのも、それが理由だったんだ」ぼくは自分の言葉に、少し満足感を得ていた。
「地図の印を見て！『ドラゴンのかぎ爪をここで使う』」
これですべてつじつまが合った。ドレイク博士もぼくたちに同意せざるを得なかった。
「わかった。いつものことだが、君たち二人はよくやってくれた。必ず真相を突き止めよう。しかし、ティブスがあの悪巧みの片棒を担いでいたとは、まだ信じられないがね。とにかく、この先はイドリギアと私が引き継ごう」ドレイク博士は続けた。
「アンダーソンを見つけ出し、ドラゴンのかぎ爪を手に入れて、トーチャーを救い出すんだ。もっとも、彼のほんとうの名前はわからんがね」
「私たちはどうしたらいいですか？」ベアトリスは少しがっかりしたようすだった。ぼくたちはもうドラゴンのかぎ爪を探せないんだ。
「そうだね。とにかく君たちを安全な場所へ連れていこう」ドレイク博士は頭をかきながら言った。
「ロンドンのチディングフォールド男爵の屋敷に行ってはどうかね？　ティブス氏については信じないように警告してくれ。ただ、くれぐれもわかってほしいんだが、彼を糾弾する前に確実な証拠が必要だ。私が調査中であることと、私の到着までは彼の行動に気をつけること以外、何もしないようにと言っておいてくれないか？」
博士の提案を聞くと、この2、3日に経験してきたことが急に思い出され、ドッと疲れが出てきたし、少し不満な気持ちがわいてきた。
「ロンドンに帰るのには、列車で何時間もかかりますよ」
「エラスムスが君たちを連れていってくれるだろう」イドリギアがそう言って、同意を求めた。「どうかね、エラスムス？」

「何だって？」エラスムスは喜んでいないようだった。

「そんなに遠くまで、子どもを二人も乗せて飛べるかわからん。ダーシーのような太っちょを乗せて、わしはまだ疲れているんだ」

「ドラゴンの生命が危機にさらされているんだ！」イドリギアがきつくさとした。「それに、おまえがアプレンティスでわしがガーディアンである限り、わしの依頼を断れないはずだ。おまえはまだ、人間を守ることについてたくさん学ばなきゃならん！」

「結構」エラスムスはため息をついた。

「さあ、上に乗るんだ、子どもたち。ただな、乗り心地については保証できんぞ」

「できるだけ快適にしてあげるんだ」気分屋の若い弟子に対し、イドリギアはついに我慢できなくなったようだ。「あとで私に報告するんだ！」

エラスムスは毅然としていたが、ぼくたちが背中に上るときは押し黙っていた。2、3歩助走し、何度か羽ばたくと彼は飛び立ち、ぼくたちは雲上の人となった。

「さよなら、スクラマサックス！」ぼくは叫んだ。「傷が早く治るように祈っているよ！」
「さよなら、子どもたち！」スクラマサックスは答えた。
「すぐにまた会えるよね」偉大なドラゴンが自分の巣にゆっくりともどって行くのが上空から見えた。その姿は、だんだんと小さくなっていった。
ベアトリスとぼくはエラスムスの背中にしっかりつかまり、グランピアン山脈の峰の頂を越えようとしていた。今はエラスムスは少し穏やかになり、ぼくたちが最後に彼と会ってから起きたことを聞いてきた。ぼくたちは、彼に聞いてもらおうと大きな声で叫びつづけたので、声がしわがれてしまった。
「ドラゴンのかぎ爪についておまえたちに与えた情報はどうも古かったようだ」
ぼくの話を聞いたエラスムスは、ややぎこちなく答えてきた。「そのために、経験しなくてよかったはずの危険におまえたちが遭遇したというのであれば、すまなかった」
ぼくたちは顔を見合わせた。エラスムスがあやまるなんて！　まったく予想外だった。
「もしウォーンクリフで一度降りれば、爪を取ってくることができるんだが……。おまえたちが望むならばな」エラスムスが提案してくれた。
「わしの母のブライソニアがほら穴を守っている。彼女は戦いのあとずっとそこにいて、ガーディアンとして部屋を守り続けている。悪のドラゴン結社に対して防御するよう、イドリギアとドレイク博士から言われていることもあるしな」
「ブライソニアは私たちに爪を渡してくれるかしら？」ベアトリスは疑っていた。
「たぶん無理だろう」エラスムスが答えた。
「それなら、かぎ爪はドレイク博士とイドリギアにまかせて、わしは全力でロンドンに向かって飛ぶだけだ」
　彼は何回かせわしなく羽ばたき、さらに高くのぼり始めた。ぼくたちは空気が冷たくなるのを感じ、ドラゴンの背中にうずくまって暖を取った。
「しっかりつかまるんだ」ドラゴンは叫んだ。「おまえたちがこれまで経験したことがないほど、速く飛んでやる」

第10章　ロンドン

手袋を着けずに、ドラゴンに触れることなかれ！

――『マレウス・ドラコニス』（ドラゴン・ハンマー）エドワード（一世

エラスムスは南に向かって飛びながらときどきゴロゴロとうなったが、疲れたそぶりは見せなかった。飛行速度はすばらしかったものの、揺れもひどかった。太陽が沈みかけ、空が徐々に暗くなると、ようやく彼は口を開いた。

「ロンドンはもうすぐだ」そう言われて、ぼくたちはホッとした。

「到着は夜になるから、おまえたちを公園に降ろそう。人目にはつかないだろう」

「ハイドパークはどうかな？」ぼくは提案した。エラスムスが着地するのに十分な広さがあったはずだし、チディングフォールド男爵の家もそれほど遠くなかったはずだ。

「ボートが浮かぶ池があるから、空から簡単に見つけられるよ。池の名まえは何だったかなあ？」ぼくはベアトリスのほうを向いた。

「サーペンタインのこと？」すぐに答えが返ってきた。さすがベアトリスだ。

「ハイドパークだな？」エラスムスは確認した。「降りたら、おまえたちは何をする？」

「チディングフォールド男爵を探して、助けてくれるように頼んでみるよ。誘拐の手紙にあったとおり、期限が2日間なら、トーチャーが隠されている場所を見つけるのに残された時間はわずかだよ。ぼくはただ、ドレイク博士とイドリギアが時間内にぼくたちに追いついてほしいと望むだけだよ」

「わしがイドリギアを見つけて、おまえたちが安全だということを伝えてやる」

「でも先に、ドラゴンズブルックへ飛んでいって、何が起きているかダーシーに伝えることはできるかな？」

「それとティブスさんに気をつけるように言ってちょうだい」ベアトリスがつけ加えた。

エラスムスは雪のように白い頭を下げて、うなずいた。

空気が澄んでいて、夜になるにつれ寒さが増してきた。でも雨になることはないだろう。眼下に見えるグレート・ノース・ロード沿いには明かりが燈りはじめていた。エラスムスはかなりの上空を飛んでいたが、ロンドンへと続く道からそれることはなかった。

しばらくすると、ガス燈の明かりが密集するようになり、巨大な都市に達したことがわかった。ぼくたちはホッとして、首都の夜景をうっとりと眺めた。エラスムスは街の中心に向かって飛びつづけた。通りがだんだん広くなり、ぼくたちは広い公園を探した。

「あそこ！」一点を指して、ベアトリスが叫んだ。「ハイドパークじゃない？」

「エラスムス？　サーペンタインはヘビのような形の池だけど、見当たらないかい？」今度はぼくが質問した。

「池がある」とエラスムス。「でも、ヘビのような形ではない。どちらかと言うと矢じりに見える。ライオンの檻が見えるぞ。ゾウもいる。シロクマのようなものも見える」

「ホッキョクグマよ！　リージェンツパークに違いないわ。ロンドン動物園の動物たちよ！」ベアトリスはうなずいた。自分たちがどこにいるのかわかったのでひと安心だ。

ハイドパークまでは遠くないはずだった。ロンドンの地図は何度も見てきた。ぼくは目を閉じ、そのうちの一つを頭の中で再現しようとした。

「南西の方角にもう少し飛ぶ必要があると思うよ。そっちに公園が見える？」

「長方形の形の公園に、池が二つあるのが見える。一つは確かにヘビの形に見える。左の方角に湾曲しているようだ」とエラスムスが答えてくれた。

「それがサーペンタインだよ！」はやる思いで叫び、ぼくは目を開けた。「そこに着地できる？」

エラスムスは直前まで空高く飛んでいたが、急降下すると、その大きな爪で立派な緑の草地に着地しようとした。しかし、ちょうどそのとき、驚いたような叫び声が2回聞こえた。エラスムスはすぐさま舞い上がった。

「ほかに近くで降りられるところはないかしら？」とベアトリス。

「グリーンパークがあるよ」ぼくは頭の中の地図を確認しながら、提案した。

「すぐ向こう側に別の公園が見えない？」エラスムスにもう一度呼びかけた。
エラスムスはうなずくと、広い芝地になっているところを目がけて降下しはじめ、わずかな衝撃とともに着地した。
やっと地面に降り立つことができて、心底ホッとしていた。ベアトリスとぼくはドラゴンの背からすべり降りた。周囲にはだれもいないようだったが、エラスムスはすぐにこの場を立ち去ろうとしていた。だれにも見られたくなかったのだ。
「幸運を祈る」エラスムスは飛び立つ準備をしながらぼくたちにささやいた。
「気をつけてね、エラスムス！」ぼくはびっくりしながら、笑顔で答えた。
「今『幸運を』って言ってくれたけれど、人間に対する思いはまだ変わらない？」
フロストドラゴンは少しイラついたようだった。
「ドラゴンスピードで行くんだ！」彼はそれでぼくを黙らせようとしたようだ。
「赤ん坊ドラゴンに何が起こっているのか探ってくれ」
ぼくたちは、エラスムスが夜空に消えていくのを見送ることもなく、とにかく急いだ。

もちろん、小さな池のフラミンゴが、立ったまま一本足で眠っているのを眺めることもなかった。待てよ……。

「ベアトリス！　グリーンパークには池なんてなかったはずだよ」ぼくは声をひそめて言った。

「えっ、そうなの？」ベアトリスはびっくりしたようだ。

「聞いたこともないよ。フラミンゴがいるってこともね」

「私はロンドンの公園は詳しくないけど。じゃあ、私たちはいったいどこに降りたの？」

公園の向こう側には、どこかで見たような大きな建物があった。3階か4階建てで、クラシックな柱があり、長方形の窓と、壁に沿って彫刻されたパネルがあった。屋根の上には旗が掲げられていた。

「たいへんだ！」ぼくは恐ろしくて息を飲んだ。そこがどこなのかがわかったからだ。

「エラスムスは、ぼくたちをバッキンガム宮殿の中庭に降ろしてしまったんだ！」

「ええっ！　それじゃここから出なくちゃ。急いで！」今度はベアトリスが大声を出す番だった。

ぼくたちは池を通り過ぎ、庭の周りをぐるりと回った。見えたのは信じられないくらい高い壁と、その上にある尖った泥棒除けだけだった。

「通用門の一つが開くかもしれないわ」

「やってみる価値はあるね」ぼくはベアトリスの提案に同意した。壁のへりに沿って宮殿のほうに進むと、突然恐ろしげに吠える声が聞こえた。

「イヌよ！」ベアトリスはその場に立ちすくんでしまった。

「女王はペットを飼ってなかった？」それで姉さんが安心するわけがなかった。

「小型のポメラニアンだったはずよ」ベアトリスは泣きだしそうになった。「あの吠え声は大型シェパードのようだったわ！」

イヌがリードから外され、ぼくたちをかぎつけたときのことを考えたくなかった。やつらはまちがいなくぼくたちの服にドラゴンのにおいをかぎ取るだろう。その先に何が起こるか……。

「しようがないな。守衛を探して、チディングフォールド男爵のところにぼくたちを連れていってくれるようにお願いするしかないよ」ぼくたちは現実を認めざるを得なかった。しぶしぶ向きを変え、宮殿の建物の方角にもどり始めた。

すぐに、吠え声がいっそう激しくなった。通用門から建物に向けて照明が点灯され、2階の窓が開いた。

ぼくたちは手を頭の上にあげて、叫んだ。「降伏します！　何もしません！」

「子どもです！」そう叫んだベアトリスの声は震えていた。「静かにします」

少し間をおいて、3人の男たちが芝生を横切ってぼくたちに向かってきた。腰にはランタンが揺れていた。きっと女王の近衛兵だろう。2人は赤い制服にベアスキン帽をかぶり、長いライフルを持っていた。3人目は警察官の黒い制服姿だった。それぞれに、怒り狂ったイヌをつないだリードを握っていた。ベアトリスが正しかった。イヌたちは、ほんとうにどう猛そうだった。

ぼくはふと2階の窓を見上げた。一つの影がこちらをのぞき込んでいたが、室内にもどろうとするときに姿がチラッと見えただけで、そのあと窓は閉められた。
「そこから動くな！　見えるように、手を高く挙げるんだ！」警察官が命じた。
3人の男はぼくたちが立っているところにずんずんと進んできた。イヌたちは近づくにつれ、垂らすよだれが多くなっていた。
「ほんとうにすみません……」男たちはベアトリスの言葉をまるで無視した。
「さて、さて」歯をむくイヌをぼくたちのひざ先まで近づけて、最初の男が言った。
「見たところ、いつものごろつきどもとは違うようだな。身なりがよすぎる」
「おまえたちはどうやってここに入った？」2番目の近衛兵が問いつめた。
「わしは一晩じゅう見張りについていたが、おまえらを見ることはなかったぞ」
「ええと……」ぼくは説明しようとした。
「おおかた居眠りでもしていたんじゃないのか？　どうなんだ？」最初の近衛兵が話に割り込んで仲間に悪態をつこうとしたが、ぼくたちのことは完全に無視していた。イヌがぐるぐる回りはじめた。ドラゴンのにおいをかぎつけたんだろうか？

「この子たちをどうする？」警察官が尋ねた。

「尋問するには、今日は遅すぎる」2番目の近衛兵が答えながら、イヌをぼくたちから離そうとした。「今夜は守衛所でこの子たちを見張ろう。明日になったら、警察のほうで何とかしてくれ」

彼はぼくたちに向かって威嚇するように指を振った。ぼくは囚人のように扱われるかと思うと恐ろしくなったが、それよりも、トーチャーのことが心配だった。一晩時間を無駄にすることなんてできない。悪のドラゴン結社が悪だくみを実行するまでには、あと一晩しか残されていないんだ。ぼくは言わなきゃならなかった。

「ぼくたちは……」ところが2番目の近衛兵がぼくの言葉をさえぎった。

「まったく！」彼は意地悪そうな含み笑いをしながら言った。「おまえたちの両親が、今いる場所を知ったらしこたま叱られるだろうな！」

「両親に責任がある場合はな」最初の近衛兵が同意した。

「こんな悪さは、言ってみればアメリカの東部13州のようなもんだな」

この人たちは、ぼくたちをからかっているのだろうか、それとも大まじめなんだろうか？　まったく腹立たしかった。とにかくイヌを離してほしかった。

「わかってください！　ぼくたちはチディングフォールド男爵に会わなきゃならないんです！」ぼくはついに口走った。

「男爵のだれだって？」警察官は頭が真っ白になったようだった。

「チディングフォールド男爵なんていう名まえを聞いたことはないぞ」

「とにかく急いで彼に会って、伝えなければならないたいせつな用事があるんです」

今度はベアトリスが懇願した。

「周りを見るんだ、お嬢さん」最初の近衛兵がちらちらこちらを見ながら言った。「君たちは見てのとおり、ひと悶着起こしているんだよ。とにかく静かにしているんだ。つくり話でもしようものなら、事態は悪くなるだけだぞ」

「でもほんとうに、チディングフォールド男爵に話さなくちゃならないんです」

ぼくは言い張ったが、彼らにぼくたちの話をまじめに聞いてもらうためにどう言ったらいいのか、まったく頭が回らなかった。

「首相に聞いてもらえませんか？」ぼくはやけくそ気味に言った。

「首相なら、ぼくたちがだれだか言ってくれますよ！」

「なんと、今度は首相が友人だと言うのか？」警察官はあざ笑って、言い返した。「たわ言はもうたくさんだ。今夜はだれにも話すことはできないぞ。おまえたちはな……」

警察官が続けようとしたときに、別の叫び声で止められた。守衛が芝生を横切って、腕を振りながらぼくたちのほうに走ってきた。ぼくはとっさに幸運を祈り、このひどい状況から救い出してくれる奇跡が起こることを期待した。

「これでさらにのっぴきならない羽目になったな！」最初の近衛兵がぼくたちに言葉をかけ、意味ありげに笑いながら怒り狂ったイヌをなだめていた。

「女王陛下がおまえたちをご覧になったんだ。陛下は侵入者を快く思っておられないはずだ」今度は耳ざわりなほど笑った。

「陛下はおまえたちを牢獄に閉じ込めることもできるんだぞ！」警察官がつけ加え、3

人の男たちはいっせいに高笑いした。ベアトリスとぼくはあせりと心配の気持ちを押さえるのに必死だった。

守衛は近づいてくると、ぼくたちの頭から足の先まで、とがめるような目でにらみつけた。

「女王陛下はこの子どもたちを宮殿内に連れてくるようにとの仰せだ。彼らが着いたところをご覧になっていて、連行される前に質問をしたいとおっしゃっている。私は二人をすぐに、音楽の間に送り届けなければならない」守衛は一気にまくしたてた。

近衛兵はびっくりしていた。警察官も口あんぐりだ。ぼくたちは釈放された。守衛について歩き出すと、イヌたちのがっかりしたような声が聞こえた。これはぼくが望んだ奇跡なんだろうか？　それともっと深みにはまり込んでしまうんだろうか？

守衛について芝生を横切ったぼくたちは、クラシックな柱の横にある小さな扉から中に入った。彼は、2本のちいさなろうそくがあるだけの暗い部屋にぼくたちを案内した。ぼくの目は、天井の石こうのバラ模様からつり下げられた、豪華なつくりのシャンデリアに引きつけられた。その下には、大きなピアノがあった。明かりがつけられていなかったので、ピアノの横に立っている人影に気づくまで、しばらく時間がかかった。小柄な女性だったが、ボリュームのある、レース仕立ての黒のドレスを着ていた。だれあろうヴィクトリア女王だった！

女王は想像していたより背が低かった。その不機嫌な表情を見たとき、悪い予感がした。普通なら、偉大な元首にお会いするのは大感激だったはずだ。ところがこのような状況で、ぼくはすっかり作法を忘れてしまった。頭を下げることもできず、ぼう然としてこの偉大な貴婦人の前に立ち尽くしていた。恐ろしい運命が待っていることを考えると、苦しさしか感じなかった。

女王はぼくたちに目をすえると、守衛に下がるように言った。彼女は扉が閉まるのを待ってから、ぼくたちのほうを向き、まゆをひそめた。

「知っておるか？　昔は、危険なけだものと一緒に宮殿内に入り込んだ者はだれであろうと斬首されたのじゃ」

「誠に申し訳ありません、女王陛下様」ベアトリスは言った。「何か害を加えようなどとしたのではございません」ベアトリスは深い恭順の意を示し、お辞儀をした。

「害を加えようとしたのではないとな？　宮殿の芝生に、火を吐く巨大なドラゴンと降り立ったのに？　朕のペットを怖がらせるだけにとどまらず、けだものがすばやく飛び立つことがなかったら、この宮殿の守衛たちの命をも危険にさらしていたというのに！」

「こんなことはもう二度と起こしません、女王陛下様」ぼくはそう約束しながらも、やっと作法を思い出して、できるだけ低くお辞儀をした。

「二度と、起こさないようにすべきであるな」鋭く言い返した女王のくちびるは、非難するようにキッと結ばれていた。

そのあと突然に、女王はやさしい笑顔を見せた。目を輝かせ、少し含み笑いをしているようだった。「実を言うとね」声の調子もやさしくなっている。彼女は打ち明けはじめた。「現在では打ち首のような習慣はないのよ。厄介で、不快な仕事だわ。ということで、あなたたちを許さなくてはならないようね」

ベアトリスが息をつき、ホッとしているのがわかった。ぼくの心臓の高鳴りもやっとおさまった。

「バッキンガム宮殿にドラゴンで降り立つような勇敢な子どもは、この国には二人しかいないはずよ」女王はぼくを見て、つぎにベアトリスに目を移した。「私は、高名なドラゴン学者のダニエルとベアトリスのクック姉弟と、今話しているのね」

口をあんぐり開けて1分ほど立ち尽くしていただろうか。そのあと、ぼくはやっと声を出せた。「はい……、そうです。女王陛下様」

「グラッドストーン首相が、チディングフォールド男爵とドレイク博士、それとお仲間のドラゴン学者たちの果たしている仕事について、知る限りを話してくれています。ただ私はこの目でドラゴンを見ようとは思ってもいませんでした。その経験をさせてくれたお二人には感謝しますよ」

ぼくは混乱していた。最初に、ぼくたちは斬首の話で脅かされた。ところが今度は、女王は宮殿の中庭に降り立ったことに感謝してくれている！

「さてダニエルとベアトリス、この宮殿にドラゴンが降り立ったことに気づいた者はほかにいないはずです。あなたたちは幸運ですね。ところで、あのドラゴンの名まえは？」
「エラスムスです、陛下」
「エラスムス……、なんとすばらしいのでしょう」女王は深みのある声で言った。
「ガーディアンの弟子（アプレンティス）ね！　ただ私はあなたたちにあやまらなければなりません」彼女は伏し目がちになった。
「あなたたちの大事なドラゴンの赤ん坊の、トーチャーが連れ去られたでしょう？」
「どうしてそれをご存じなのでしょうか、陛下？」それ以降、話し合いはいっそうおかしな方向に向かっていった。
　女王はいわくありげにほほ笑んだ。「お話ししたように、グラッドストーンが報告してくれているのよ。ドラゴンの赤ん坊が見知らぬ男たちに閉じ込められている事実は、わが王室にとっても重大な関心事なの」
「ぼくたちは、S.A.S.D.に裏切り者がいることを心配しています」

「裏切り者ですって？」女王は大きな声を出した。「でも、いったいだれが……」
「残念ですが、それはティブスさんです、陛下」ベアトリスが注意深く言った。
「ティブス、ティブス、ちょっと待って……」女王は少しのあいだ考えていた。
「ああ、わかったわ！　チディングフォールド男爵の個人秘書でしょう？　苦虫をかみつぶしたような顔をしている男性ね？　ライムジュースに酢を混ぜたものを一杯ひっかけたように見える人ね」彼女は自分の考えが楽しかったようで、しばし笑った。
「でも、彼は任務を着実に果たす男だと聞いているわ。ほんとうに彼を疑っているの？」
「残念ですが、証拠があるんです」ぼくは重々しく答えた。
「だから、すぐにチディングフォールド男爵に会って、警告する必要があるんです。それが、トーチャーを救い出すためのたった一つの望みかもしれないんです！」
「たった一つの望みですって？」女王は繰り返した。
「それでは、あなたたちを一刻も早くチディングフォールド男爵の家に送り届けなきゃならないわね」

女王は暖炉に近づくと、凝った飾りと刺しゅうのついたベルのひもを引っ張った。そのあと、こちらを振り向いた顔は、ほほ笑みでしわだらけになっていた。

「あなたたち二人とこうしてお話ができたことは、この上ない喜びでした。次回はもっと長く滞在して、ドラゴンの冒険のことを話してくださいな。あなたたちの手柄についてたくさん聞いていますよ。でも直接聞きたいわね。例えば、ナーガ・ドラゴンに訪れた災難とか、あなたたちがどのようにヒドラを説得してジャイサルメールへ連れていってもらったかとか、それに宏偉寺はどのような寺だったのか、などね。ああ、ほんとうに聞きたいことがたくさんあるわ！」

「女王陛下がお望みでしたら、私たちは喜んで、いつでももどってまいります」ベアトリスは答えながら、わずかにお辞儀をした。

「それではその準備もしましょう」女王は手をたたいた。

「でも今はあなたたちの幸運を祈りましょう。さあ、行ってちょうだい。あなたたちが言うように、ドラゴンスピードで！」

女王は部屋の外に控えていた守衛を呼びいれ、ぼくたちがチディングフォールド男爵の家まで安全に行くための手配をするように指示した。

ほんの数分後には、ぼくたちは通りを走る馬車の中にいた。同乗していたのは、ぼくたちを牢獄に入れると言っていたあの警察官だった。今度は、別人のような態度だった。

「女王陛下があなたたちをご存じとは！」彼は驚いていた。

「今はこうしてチディングフォールド男爵の家に向かっておりますが、これだけでよろしいのでしょうか？」

「それではあなたはチディングフォールド男爵を知っているのですね？」ぼくはわざと冷たく聞いてみた。ぼくは何もばらすつもりはなかった。

「もちろんであります。あの庭にいたときは、お二人が男爵のような身分の高い人とどのような関係があるのか知らなかっただけです」

しばらくすると、堂々とした都会の邸宅街に差しかかった。そして馬車は22番と記された扉の外に横付けされた。

「こちらがチディングフォールド男爵の邸宅です。何かほかに御用はございますか？」警察官は言った。

ベアトリスは目を細め、馬車から降りながら「ありがとう」と答えた。

「あとは私たちだけで進められるわ」

「結構ですな、お嬢さん。それでは私はもどるとしましょう」ベアトリスの敵対心を軽く受け流した警察官は、ほがらかにほほ笑み、帽子に触れながら言った。

「私はゴワーと申します。宮殿の庭で次に何か不都合がございましたら、いつでもお申し付けください。必ずやお助けにまいりましょう」

馬車が石畳をガラガラと音を立てて去ると、ぼくたちはチディングフォールド男爵の家の大きな黒い扉まで階段を3段上った。よく輝いている真鍮のノッカーを握り、ノックした。よく響く音がその一帯にこだまし、夜のしじまを破った。しばらく待った。ところが、だれも現れなかった。

第11章　正体が明かされる

けだものの巣に向かって進む前に、甲冑が万全であることと、手持ちの武器が研ぎ澄まされていることを確認するのだ。さらに、君子危うきに近寄らず、ということを忘れてはならぬ。

――『マレウス・ドラコニス』（ドラゴン・ハンマー）エドワード一世

ぼくたちは、チディングフォールド男爵の玄関扉を10分ほどノックし続けた。やっと、カギ束のガチャガチャという音で、だれかが扉を開けようとしていることがわかった。ガウンとスリッパ、そして白いナイトキャップをかぶった男の人が扉をわずかに開け、にらみつけてきた。男爵の執事だった。

「だれだ？　今何時かわかっているのか？」

実際のところ、それまであまりにも多くのことが起こったので、ぼくたちは時間の感覚がまったくなくなっていた。この時間にチディングフォールド男爵が床についていようなどと、一瞬たりとも考えていなかった。

「ほんとうにすみません」ベアトリスが懇願するように答えた。

「こんな遅い時間にあなたを起こすつもりなどなかったんです。もしこれが……」

「生死にかかわることでなければ！」ぼくがさえぎって言った。

「私たちはベアトリスとダニエルのクック姉弟です」ベアトリスが続けた。

「男爵に大至急お伝えしなければならないことがあるんです！」

執事は明らかにイライラしながら、懐中時計を取り出して見た。

「明日の朝11時過ぎにもう一度来るんだ」

「11時ですって？　それじゃ遅すぎるんです！」ぼくはうめき声をあげた。

「残念だが」執事はそう言いながら、目の前で扉をバタンと閉めた。

「待って！」ベアトリスは大声で呼び、ぼくのほうを向いた。「どうすればいいの！」

「やっぱり、あの警察官に付き添ってくれるようお願いすべきだったのかも」

「手遅れよ！　時間がどんどん過ぎるわ。なんとかして男爵に会わなくちゃ！」
「ビリーとアリシアが中にいるはずだ」ぼくはひらめいた。「あの子たちに連絡できないかな？」
ぼくは縁石に小石があるのに気づき、しゃがんで拾い上げた。一つを右手にしっかり握り、残りを左手で握った。
「気をつけて！」ベアトリスはぼくが何をしようとしているかをすぐに理解し、あえぐように言った。「もうこれ以上もめ事に巻き込まれたくないわ」
「でも、何もせずにここにいるわけにはいかないよ」
右手を後ろにかまえながら、ぼくは何か手がかりはないかと窓を見渡した。建物は4階建てで、屋根の上に小さな窓がいくつかあった。
「どれから試してみようか？」ぼくは手の中で石を転がして、投げる準備をした。
「屋根の窓じゃないわ」ベアトリスは、もういつものように落ち着いていた。
「あれは召使の部屋よ」

「わかった。それじゃ3階の窓にしよう。たぶん家族の寝室だと思うよ」

「こんなこと言いたくないけど、ダニエル」ベアトリスは少し顔を曇らせていた。

「お願いだから、何も壊さないでね」

ぼくはねらいをつけて石を投げた。最初の石はねらいから大きく外れた。今度はもっと集中して、ねらいをしっかりと定めた。なんとか3階の同じ窓に、1回、2回、3回と石を当てることができた。

「執事の寝室じゃありませんように」ベアトリスが言った。

窓からだれかが顔を出した。ぼくたちは2、3歩後ろに下がって通りから見たが、暗くて顔は確認できなかった。

「ビリーじゃない？」ベアトリスはホッとしたように叫んだ。

ぼくはもう一つ石を投げようとして振りかぶった。でも、ベアトリスがぼくの腕をつかんで離さなかった。ギシギシと窓が開く音が聞こえ、だれかが身を乗り出した。

「ねえ！」聞きなれた声だった。「何をしているの？　だれなの？」

ぼくはS.A.S.D.の合言葉を言った。「ドラゴンが飛ぶときは……？」執事が目覚めないように、ぼくはささやいた。

「それを目で探す！」声が返ってきた。「ダニエル、君なの？」

「そうだよ、ビリー。シーッ！」ぼくは声をひそめた。「執事に聞かれたくないんだよ」

「ごめん」ビリーが押し殺した声で答え、下がよく見えるように、窓からさらに身を乗り出した。「いったいどこにいたんだい？」

「スクラマサックスに会ってきたんだ」ぼくは声をひそめたままだった。

「それで今度は君のお父さんに至急話さなくちゃならないんだ」

「でも、お父さんは今、ウォーンクリフだよ！」ビリーがささやいた。

「ブライソニアに会いにいくって言っていた。明日までは帰ってこないよ」

窓から二人目が顔を出した。

「あなたたち！」アリシアが叫んだ。ぼくたちに会えてうれしかったようだ。

「みんな心配していたのよ。悪のドラゴン結社に誘拐されたんじゃないかって。ティブスさんが来て、わたしたちに家でおとなしくしているように言ったの」
「ティブスさんが？」ぼくは思わず大声を出した。
「シーッ！」ベアトリスは指を口に当てて、鋭いまなざしを向けた。
「そうよ」アリシアは続けた。
「お父さんが彼に頼んで、わたしたちから目を離さないようにしてもらったの」
「でも彼に……！」ぼくは叫んだ。
「彼にはそんなことはさせられないよ！　裏切り者なんだ！」
「何ですって？」
つぎの言葉を口にする前に、チディングフォールド家のポーチに明かりがつき、扉が開け放たれ、そこに見慣れた姿が浮かび上がった。
「ティブスさんだ！」ぼくはベアトリスに叫んだ。「逃げるんだ！」
でも、ぼくの足はそこに根が生えたように動かなかった。ティブスさんが飛んできて、ぼくのえりくびをつかむと、家の中に引っぱり入れた。ベアトリスは、恐怖におののきながら後ずさった。
「よかった。二人は無事だったようだな」ティブスさんはぶっきらぼうに言った。
「無事ですって？　無事って、どういうことかしら？」
「危害を加えられなかったということだよ。当たり前だろ」
ベアトリスはもう少し後ろに下がった。
「急げ！」ティブスさんは、すっかり身支度を整えた執事に命じた。
「あの子を中に入れるんだ。こののろま！　この子たちを中に入れないなんて、いったい何を考えているんだ！」
執事はそんな言葉を気にすることなく、ベアトリスに近づいていった。
「逃げろ！」ぼくはせき立てた。
でも、執事はあっと言う間にベアトリスをつかまえてしまった。彼はベアトリスの肩に右腕を回し、建物の中に導いた。ティブスさんは、不安そうな顔つきで通りをあちこち見渡しながらも、ものすごい力でぼくをつかんでいた。

「だれにもつけられなかったか？」彼は心配げに尋ねた。

「ここにいて、私の指示なしには家からだれも出入りさせないようにするんだ。何が起きたのか調べなきゃならん」彼は執事に向き直って言った。

「承知しました」

「ああ、それと馬車を呼ぶんだ」

「かしこまりました」執事が急いで通りに出ていくと、ティブスさんはドアを閉め、ぼくたちを客間に引っぱっていった。

「どうしてトーチャーを誘拐したの？」ベアトリスは間髪を入れずに聞いた。ぼくたちは今、S.A.S.D.の裏切り者を相手にしているのだ。

「おまえたちはいったい何を言っているんだ？」ティブスさんは少し混乱しているようだった。

「何もかも知っているんでしょ！」ベアトリスは鋭く言い返した。

「わかっているのよ。だからあなたに聞いているの！」

「何を言っているのか、さっぱりわからん」ティブスさんは怒鳴り散らした。

心配そうな顔はすぐにイライラしたようすに変わった。ホールで音がしたので振り向くと、ビリーとアリシアがちょうど部屋に入ってきたところだった。

彼らの顔を見ると、ぼくがティブスさんについて言おうとしていたことを理解したようだった。彼らが疑いの目を向けると、ティブスさんは動揺したようだった。ぼくは彼がすぐにも白状するかと思ったが、そうではなかった。

「どうして私のところにまっすぐ来なかったんだ?」不機嫌な声で尋ねた。「私がおまえたちを助けてやれたのに」

「おやおや、このあいだぼくたちを助けてくれたようにですか?」

「S.A.S.D.の本部に、私たちが助けを求めに行ったときのことよ!」ベアトリスが彼に思い出させた。

「ああ、そうだったな」彼は口調を弱めて答えた。「それについては申し訳ない。そのときは事の重大さを十分に理解していなかったんだ」

その声はほんとうらしく聞こえた。しかしアンダーソンにこっぴどくだまされたあとだったので、ぼくたちはまったく受け入れられなかった。

「そんな見え透いたうそはやめて」ベアトリスが言った。

「わたしたちに何をしようとしているのか、言ってちょうだい」

「君たちに何をするって言うんだ？」ティブスさんは大声を出した。

「さっきからいったい何を言っているんだ？　私が知っているのは、チディングフォールド男爵からもらったメモにあったように、君たちが、トーチャーと引き換えにドラゴンのかぎ爪を要求する手紙を受け取った、ということだけだ。彼は、君たちがベンウィヴィスからもどったら、君たちを見守るように私に依頼したんだ」

「あなたが、私たちを見守る、ですって！」ベアトリスは感情を爆発させた。

「あなたこそ、トーチャーを誘拐して私たちを殺そうとした当人じゃないの！　知っているのよ。さあ、もう認めてもいいんじゃないのかしら。あなたがS.A.S.D.の裏切り者だっていうことを！」

「裏切り者？」ティブスさんはすっとんきょうな顔をしている。
「馬鹿なことを言うんじゃない。どうして私が君たちを殺さなきゃならないんだ？　それにトーチャーを誘拐してどんないいことがあるって言うんだ？」ティブスさんは顔を曇らせて言った。「ドレイク博士が君たちに吹きこんだのか？」
「あなたはぼくたちに尾行をつけたじゃないですか。スクラマサックスを殺したかったんでしょ！」ぼくは叫んだ。
「アンダーソンを使って、銃で殺そうとしましたね！」
「馬鹿な！　ドラゴンは銃では殺せないんだ。君たちも知っているはずだ！」
「そうね、でもアンダーソンはできると思っていたようね。それに、彼の銃は巣に大きな穴を開けるほどすごかったのよ。ダニエルが勇敢に働かなかったら、私たち二人ともここにいられなかったわ」ベアトリスが言った。
「アンダーソンはドラゴンの墓地の地図を持っていた」今度はぼくの番だ。
「ぼくたちがドレイク博士にその地図を見せたことで、博士も真実がわかったんだ。博士は今ここに向かっている。彼が着いたら、あなたは後悔するはずさ」
「『わかっている』って、いったい君たちは何をわかっているって言うんだ？」
そう尋ねたティブスさんの額には、深いしわが刻まれていた。
「ぼくたちはあなたの事務所で地図を見たんですよ。それに悪のドラゴン結社の忠誠の誓いもあった！」
「そうか、私の事務所でそんなことをしていたのか。君たちは私のことをスパイしていたんだ！」ティブスさんはカーッとなって言い返した。
「そうよ、だから私たちはわかったの！　私たちはチディングフォールド男爵に警告するためにここに来たの。でも、代わりにあなたがいたわ」だんだんとベアトリスの声のトーンが落ちてきた。
「要するに……、あなたの勝ちっていうわけね」彼女は意気消沈して、足元のペルシャじゅうたんを見つめた。
「でも少なくともあなたは、ドラゴンのかぎ爪を手に入れることはできない！」ぼくは彼をまっすぐ見つめ、挑戦的に腕を組んだ。
「ドラゴンのかぎ爪を手に入れる？」ティブスさんは当惑したようすで頭をかいた。
「君たちがずうずうしくかぎまわったことから、こんな馬鹿げた誤解が出てきたのか！　私がもっと真剣に、トーチャーについての君たちの警告に注意を払うべきだったことは認めよう。悪のドラゴン結社に対する考え方を変えはじめたこともな。しかし、アンダーソンなどという男がだれなのかも、銃のことも何も知らんし、馬鹿げた話としか思えん！」
ベアトリスは明らかに彼の反応に不意を突かれていた。
「でも、あなたはドラゴンの墓地の地図を持っていたでしょ？」
「そうだ。悪のドラゴン結社の復活が、ドラゴンが攻撃されたほんとうの理由かどうか、私にはわからん。しかし、何かおかしなことが起こりつつあるし、それがやつらの伝説に関連していることも確かだ。その組織について調べたんだが、調べること自体は別にむずかしいことではなかった。ドラゴン・マスターだったエベニーザー・クルックが、悪のドラゴン結社に事実上とりつかれていたようだ。その問題についての彼のすべてのメモが、ワイバーン・ウェイで私が見つけた古い箱にあったのだ。地図も一緒だった」

ベアトリスは、納得できないというように目を細めた。

「私たちが見た地図にはフランス語の走り書きがあったわ。いろんな種類の指示があった。あなたがアンダーソンのために書き加えたもののはずよ」

「フランス語で？」ティブスさんはほとんど笑い出しそうだった。

「私はフランス語の単語一つも読めやしないさ！」

ベアトリスは疑いの目をティブスさんに向けながら、「ほんとうに？」と言った。

アリシアがそっとせきばらいした。

「ほんとうよ、ベアトリス。私たちは少し前にお父さんとパリに行ったの。ティブスさんはまったくフランス語を話せなかったわ。ビリーよりひどいかもね」

ベアトリスはためらい、ぼくを見た。ぼくたちは結論を急ぎすぎたのかしれない。

「それではあの地図ですけど。墓地への入口が示してあるのですか？」

「入口だって？」ティブスさんはにわかに興奮しだしたようだった。
「墓地については、いつも大きな謎がつきまとってきた。地図には入口など示されていない。君たちはそれがどこだか見つけたのかね？」
「ええ、見つけました」ぼくは思わず認めたけれど、答えを言ってもいいものかどうかわからなかった。
「それで？　アンダーソン……が、地図の写しを持っていたのだな……」ティブスさんが確かめるように言った。
「それには入口の印があったのか？　それで、やつは私から派遣されたと君たちを信じ込ませたのか？」
「地図は持っていました。でも彼はドレイク博士から派遣されたと言っていました。列車がエディンバラ駅にちょうど入ろうとした時に会ったんです」
「彼はドラゴン学者の秘密のサインを知っていました」とベアトリス。
「それで協会内部のだれかと関係があるはずだと思ったんです。わかるでしょ？　それはS.A.S.D.に裏切り者がいるってことを意味しているの！」

「わかった」ティブスさんは理解したようだ。

「ただ、その裏切り者が私だと君たちが疑っていたことがとても残念だ」

ぼくたちがティブスさんを疑っていたのには、正当な理由がなかったようだ。

「すみませんでした」ベアトリスはきまり悪そうにあやまった。

「でも、あなたがドレイク博士のドラゴナリアから私たちを追い出したとき、ものすごく怒っていたでしょ？　それに地図と私たちがその日に見たほかのすべてが、完ぺきにつじつまが合ったように見えたんです」

でも、ティブスさんはまだ納得していなかった。ティブスさんが一連の事件の背後にいるのでないとしたら、いったいだれが？　いろいろな考えが頭の中を駆け巡っていた。

「それじゃ、交換を要求する手紙を出したのはアンダーソンかもしれませんね。彼は、ぼくたちがドラゴンのかぎ爪を見つけるために出発するだろうと考え、つけてきたんだと思います。スコットランドに行くときも、たぶん同じ列車に乗っていたんだ……」

「もし彼がドラゴンのかぎ爪しか眼中になかったら、たぶん別の攻撃の仕方があったんじゃないのかな？」今度はビリーの意見だった。

「悪のドラゴン結社はすべての宝物を手に入れようとしているのじゃないかしら？　なかでも、ドラゴンのかぎ爪には特別に重要な何かがあるようね」とベアトリス。

ティブスさんが潔白だということを完全に納得したわけじゃないが、ぼくはもう一つ質問をしなければならなかった。

「ティブスさん、ぼくたちが宝物のレプリカがある部屋であなたを見たとき、どうしてドラゴンのかぎ爪のレプリカを調べていたんですか？」

「エベニーザー・クルックのメモに、ドラゴンのかぎ爪が悪のドラゴン結社の騎士の存在に不可欠だと書かれていたからだ。でも、そのかぎ爪が実際何に使われるかは書いてないんだ」彼はためらうことなく答えた。

次いで、アンダーソンの地図にあったかぎ爪についての説明を話そうとしたときに、ぼくはベアトリスが動揺しはじめたことに気づいた。彼女は、応接間の暖炉の上にある、大きな音で時を刻んでいる真鍮製の豪華な時計に目を注いでいた。

「私たちはいちばんたいせつなことを忘れているわ。かわいそうなトーチャー。ドラゴンのかぎ爪はまだないし、だれかはわからないけど、誘拐犯からトーチャーを取り返すのに明日の朝の10時までしか時間がないのよ！」

「ドレイク博士が爪を持って到着してくれさえすれば、すぐにでもトーチャーを探しに出発できるのに」ぼくは言った。

「そのとおりだね」ティブスさんはそう同意したあと、自信がなさそうに聞いた。

「墓地の入口の位置を、私に教えてもらえないかね？」

それ以上、情報を自分たちだけにとどめておく理由は、もうなかった。

「ランソーン塔のふもとです。ご存じでしょ、ロンドン塔ですよ」

「わかった」ティブスさんはそう言うと、コートと帽子をつかんだ。「馬車が来ているか見てこよう」

「でも、ドラゴンのかぎ爪がないじゃない。それに、ドレイク博士が爪を持ってきてくれるのに、どれだけ時間がかかるかもわからないわ！」ベアトリスが叫んだ。
「レプリカがあるじゃないか」ティブスさんが思い出させてくれた。
「当面はなんとかなるだろう。子どもたちはここで待っているんだ。私が墓地へ行ってトーチャーを探してくる。ドレイク博士が着いたら、本物のドラゴンのかぎ爪を持って急いで追いかけてくるように言ってくれないか！」
「一人でランソーン塔に行くつもりですか？」ぼくは尋ねた。
「私たちも行きます！」ベアトリスが叫んだ。
ティブスさんは顔をこわばらせた。
「一緒には行けない。君たちをそんな危険な目にあわせるわけにはいかない」
「トーチャーを助けるのにぼくたちが手伝えますよ！」
「これまでにドラゴンの子どもの面倒をみたことがありますか？」ベアトリスが続けた。
「私たちはありますよ。そんなに簡単じゃないですから！　それに、トーチャーは私たちを信頼しているし」

「彼にこれをあげなくちゃならないんです」ぼくはポケットから取り出した火打石と黄鉄鉱のかけらを見せた。エラスムスが何日か前にトーチャーから取り上げたものだ。

ティブスさんは手で額をこすった。「たぶん、君たちのほうが正しいだろう」

「ドラゴン学の私の研究は常に理論の上だけで、実際に即していなかった。確かに私はトーチャーを探すのにあまり役立たないかもしれない。本物の生きたドラゴンと良い関係を築くことが、これまで私にはできなかった」彼は少し間を置いて考えた。

「私がトーチャーを救い出したあとで、彼の世話をするのに君たちの援助があったら助かるんだが。ただし私の指示に従うことと、何か危険があったら後ろに下がっていること。いいかね？」

「もちろんそうします」ベアトリスとぼくはホッとして同意した。

「それでは急ごう」

ティブスさんはビリーとアリシアに家で待機し、ぼくたちの行動についてチディングフォールド男爵とドレイク博士にいつでも伝えられる用意をするように言った。玄関から通りへと躍り出ると、執事と馬車が待っていた。ティブスさんはついてくるようにぼくたちを手招きした。

「ワイバーン・ウェイの入口まで行ってくれないか」

ぼくたちが乗り込むと、彼は御者に告げた。御者はむちをピシャリと鳴らした。気がつくと、ぼくたちはポール・モールをガラガラと走り、セントマーティンズ・レーンからドラゴナリアに向かっていた。

店の中で、ティブスさんはろうそくに火をつけ、ぼくたちを地下へ誘ってS.A.S.D.本部の彼の事務所に招き入れた。薄暗いガス燈が点滅する中を、ぼくたちは彼がドラゴンのかぎ爪のレプリカを持ってくるのを待った。机には書類が散らかったままだった。ドラゴンの墓地の地図は『秘蔵物の手引き』のいちばん上にあった。

ティブスさんは机の引き出しを開け、古い型のピストルを持ちだした。ほんのつかの間、ぼくは心臓が止まりそうだった。彼はほんとうに裏切り者じゃなかったんだろうか？

すると、彼はぼくの表情に気がつき、ほほ笑み、ピストルの弾倉を開けてそれが空であることを示した。

ティブスさんはため息をついた。

「君たちが最初にトーチャーのことを私に話したとき、君たちを信じなかったことをもう一度あやまりたい。でも、その埋め合わせはするつもりだ。これさえあれば」

彼はピストルを持ち上げながら、2つの弾薬カートリッジをポケットにすべり込ませた。

「悪党たちに罰を逃れさせたりはしない！」

「使ったことがあるんですか？」ベアトリスが心配そうに尋ねた。

「若いときに軍隊にいたんだよ」ティブスさんは部屋の中を忙しく動き、メモとほかの道具を探しながらそう答えた。ついに、準備ができたようだった。

「時間が来た」彼はぼくたちに告げた。「バッグの中を確かめるんだ。君たちが必要だと思うものは何でも入れていいぞ。私はレプリカの爪を持っていく。ドレイク博士に簡単なメモを残しておこう。それではランソーン塔に出発だ」

第12章　トレイターズ・ゲート

ドラゴンを駆逐すべき最初の場所は、首都ロンドン。悪魔の翼を持ったうろこだらけの生きものが、人びとが知らぬうちに屋根の上に棲息している。やつらは大聖堂の美観を損ない、高貴な宮殿を汚しているのだ。

――『マレウス・ドラコニス』（ドラゴン・ハンマー）エドワード一世

ぼくたちがワイバーン・ウェイの店から出るころには、もう朝になっていた。ベアトリスとぼくはティブスさんについて暗い通りを急ぎ、テムズ川へ続く階段を下りた。朝もやにけむる明かりの中を渡し船が行きつもどりつしていて、ティブスさんが手を挙げてその1隻を停めた。

「だんな、どちらまで？」渡し船に乗ろうとするとき、船頭が尋ねた。

「トレイターズ・ゲートまで、できるだけ急いでくれ！」ティブスさんが指示した。

「トレイターズ・ゲートですか！」船頭はヒューッと口笛を吹くと、にやりと笑った。「この二人のどちらかが首を切ってもらうんですかい？　ちょっと若すぎやしませんか？」

ティブスさんは、待ちきれずに男の手にコインを押しつけながら言った。「これでなんとか頼むよ」船頭はコインをポケットに突っ込み、静かに船を出した。

連続する橋を次つぎとくぐるうちに、早朝のロンドンは徐々に活気づいてきた。川はすでに船でいっぱいだった。魚のにおいをプンプン漂わせながら、市場に向かう船もあった。

しばらくしてロンドン塔が見える位置まで来た。船は埠頭の下を通り、トレイターズ・ゲート（反逆者の門）として知られる中世のアーチを過ぎるまでこぎ進んだ。ロンドン塔はかつての監獄。ぼくは、大勢の囚人が、二度と世間にもどれないと思いながら、この門をくぐっていったことを想像して、身震いした。

船が係留され、ぼくたちは岸壁への急な階段を上った。塔は目の前だった。その大きさが想像以上だったので、ぼくはしばらく見とれてしまった。
「こっちだ！」ティブスさんの叫び声が、ぼくの思いを中断させた。
走って追いつくと、二人は、ゴチャゴチャしたレンガのかたまりのようなものの周りを囲んだ足場を目指していた。発掘作業中らしいが、朝早いので、職人たちはまだ仕事を始めていないようだった。今のところ、だれにも気づかれていない。
「これがランソーン塔？」
「そう、ここだ。川を上ってくる船を導くために、塔のてっぺんにつり下げられたランタンから名前をつけられたんだ。もともと、エドワード一世の父親のヘンリー3世の宮殿の一部だった」
それで、悪のドラゴン結社につながったというわけか。
「ドラゴンの墓地への入口の印が見当たらない。どこかにあるはずなんだが」ティブスさんが続けた。
「がれきで隠されているんじゃないですか？」

入口は長いあいだ発見されずにいたはずだ。はたして見つけることができるのだろうか？　ぼくたちは建物をグルッと回って探した。セメント袋や職人の道具を持ち上げたが、何も見つからなかった。

すると、ティブスさんが短い階段を見つけ、ついて来るようにぼくたちを手招きした。下まで降りると、木製のはね上げふたが敷石に組み込まれていた。

「これだ。これが、塔が建てられたときの基礎だ。ふたを開けるのを手伝ってくれないか、ダニエル？」

道具の中にバールがあったので、それを使ってはね上げふたの端をわずかに持ち上げることができた。ティブスさんがそこに手をすべりこませ、こじ開けようとした。重そうだったが、最後には自分の体重をかけて一気に開けた。ティブスさんは、はやる思いで中をのぞきこんだが、ガッカリしてため息をついた。

「空っぽの石の小部屋以外のなにものでもないな」彼は中を見渡した。地下の暗やみの中で何かを判別するのは困難だった。

「待て……。ここからは見えないが、外への出口があるかもしれない」
彼ははしごを下り、小部屋の中に入った。ベアトリスとぼくもそれに続いた。うす暗がりの中では輪郭がおぼろげにわかるだけだった。
「何もなさそうだな……」
「あそこにたいまつがたくさんありますよ！」ぼくは言った。
「これも変よ」ベアトリスはそう言いながら、壁にほられた大きな彫刻を指した。それは盾の形をしていて、3頭のライオンが彫られていた。
「ちっとも変じゃないよ。中世の建物なんだから」
「そうね。でも、ここはただの地下の物置よ。どうしてわざわざこんな手の込んだ彫刻で飾らなきゃならないの？」
ベアトリスは盾の大きさを計ってみた。なんと、ぼくの身長より大きかった。
「そのとおりだね。ここは確かに奇妙な場所だ」
ぼくたちの意見に同意しながら、ティブスさんは盾に近づいた。彼がライオン像に指を這わせているとき、ぼくは頭にパッとひらめいたものがあった。

「地図だ！　アンダーソンの持っていた地図！　あれにメモがついていた。覚えてない？　ライオンの目のことが何か書かれてなかった？」

「そうよ！　確かにあったわ」ベアトリスは少し考えてから言った。「『目を押して、言葉を引け』……。あっ、『langue』には『舌』という意味もあったわ。『舌を引け』よ！」

ぼくはうなずきながら、二人と一緒に盾の前に立った。

「このライオンがそうなのか。試してみよう！」

盾に刻まれたライオンは眼球が醜く飛びだしているが、舌はないようだった。ベアトリスはいちばん上のライオンに手を伸ばして、目のくぼみに2本指を突き刺してみた。しばらくは何も起こらなかった。ところが突然カチッという音がしたかと思うと、真ん中のライオンから舌が飛びだした。ぼくたちは心臓が飛び出るほど驚いた！　ベアトリスはそこに立ち尽くし、次に何をすべきか、途方に暮れていたようだ。

「次は引くんだ！」ぼくは促した。のんびりなんてしていられるわけがない。

「何が起こるの？」ベアトリスは恐ろしそうにしていた。
「やってみないとわからないよ」
ベアトリスは突き出た舌をグイッと持ち上げ、ライオンの口から引っぱりだすようにした。するとそれが長い鎖で盾につながれていることがわかった。ベアトリスは石の舌から手を離した。するともう一度カチッという音がして、盾が揺れながら扉のように内側に開き、暗い通路が現れた。ぼくは中に入ろうとした。
「待て！」ティブスさんが叫んだ。たいまつを持ちあげ、急いで火をつけて言った。
「私が先に行く。何があるかわからんぞ」
たいまつの明かりがあるおかげで、ぼくは通路の中をもう一度のぞき込むことができた。そこには息を飲むような光景があった。トンネルの中に骨が積みあげられていたのだ。それも数えきれないほどの！
「骨でいっぱいだ！」ぼくは大声を出しながら、恐ろしげに突き出た大きな白い頭がい骨を見た。体が震えてきた。

ベアトリスは舌打ちして、ぼくのほうを見た。
「もちろんそうよ。だから墓地なんじゃない、馬鹿ね。ここは死んだドラゴンの地下墓地に違いないわ」
彼女も中をのぞき込むと、「ちょっとドキドキするわね」とつけ加えた。
ぼくはベアトリスが何を言いたいのかわかっていた。骨を観察しながら、ぼくは震えが走るのを感じた。
「それじゃ、これが悪のドラゴン結社の仕業だってこと？」
「たぶんそうだね」ティブスさんが答えた。
「ここは、悪のドラゴン結社の騎士たちが虐殺したドラゴンの骨がため込まれた場所だ。地下で年じゅう涼しく、湿気があるから、千年以上にわたって骨が保存されてきたんだ」
「失われたイギリスのドラゴンですね」ぼくは驚嘆した。
「こんなに多くの骨が残されているなんて、だれが想像できるっていうの！」ベアトリスは両腕で自分の肩を抱いた。

「まったくだ。大虐殺以前には、何千ものドラゴンがいたんだ」ティブスさんは重苦しくうなずいた。

「それで今、悪のドラゴン結社が復活して、任務を果たそうとしているっていうことですか？」ぼくはつばを飲み込みながら言った。

「そうだ、たしかにだれかが任務を果たそうとしているね」ティブスさんが答えた。彼は悪のドラゴン結社の存在にまだ納得がいかないようだった。

ティブスさんはベアトリスにたいまつを手渡し、墓地への入口の上に彫られた文字にかざすように言った。ぼくたちは気を取り直してそれを確かめた。

「Bienvenue au Royaume des Dragons Morts.」ティブスさんが読んだ。

「またフランス語だわ」ベアトリスがささやくような声でそれを訳した。「亡くなったドラゴンの王国へようこそ！」

その言葉は、ぼくたちを体の芯まで凍えさせた。でも、今はこんなところで恐怖に震えているときじゃないんだ！　生きたドラゴンを救い出さなきゃならない！

ティブスさんは床に地図を広げた。ぼくたちは腰を下ろして近くで見つめた。
「もしこれが正確なら、ドラゴンの墓地へ我々を導いてくれるはずだ」ティブスさんは手でしわを伸ばし、真ん中の文字を指さした。
「中央の部屋、悪のドラゴン結社の総本部へ、とある」
ベアトリスは地図をよく見ようと体を傾けた。
「盾の扉が開いたように、恐らく解かなきゃならない謎がまだあるはずだわ」
「実際、地図には書かれていないことに万全の注意を払わなければならんな」とティブスさん。
「悪のドラゴン結社は自分たちの本部を秘密にし、安全に保つためなら、必ずどんなことでもするだろう。ここにどれだけのわなが仕掛けられているのか、あるいはそのうちのどれほどがまだ機能しているのか、まったくわからない。君たち二人はできる限り私から離れないようについてくるんだ」
ティブスさんにたいまつを返して、ぼくたちは全員で一歩ずつ迷宮を進みはじめた。

ベアトリスとぼくは、ティブスさんの歩幅に合わせるために、大またで歩いた。無数のドラゴンの遺骨のあいだを歩くのは、なんとも薄気味悪かった。しかも、なお悪いことに、トンネルはどこも同じに見えて、方角の感覚がなくなってきた。

「地図を落とさないように、しっかり握っていたほうがいいわね」とベアトリス。

「もしなくしでもしたら、ここから二度と出られないかもしれないわ」

ぼくたちはトンネルと壁いっぱいのドラゴンの骨のあいだを慎重に進んだ。

「大きな毛糸の玉を転がして、来た道がわかるようにしたらよかったね」ぼくは明るく冗談を言った。

「それならかなり長い糸が必要だね。もう400メートルほど進んだはずだし」ティブスさんが言い返した。

ベアトリスも冗談の言い合いに加わった。

「パンを持ってきていたら、ヘンゼルとグレーテルのようにパンくずを落として目印にすることができたのに」ぼくたちは少しばかりでも、目の前の恐怖から意識を遠ざけようとした。
「パンくずだったらネズミに食べられてしまうかもな」ティブスさんが少し険しい顔で言った。
「ネズミ！」急にベアトリスが叫び、震えだした。「そんなこと、言わないでください」
ベアトリスは骨の山から恐る恐る1本の骨を引き抜いた。
「この骨を使って、通ってきたトンネルに印をつけましょう。そうすれば、少なくともどのトンネルを通って、どれを通らなかったかわかるでしょ？」
「そんなことしたら、罰が当たるよ」ぼくは答えた。
「死んだドラゴンたちが気にすると思っているの？」つぎのトンネルの入口に大きな骨を置きながら、ベアトリスは言い返した。
「私たちには共通の敵がいることを忘れないで。それに、骨は出るときに元にもどせばいいじゃない」
それからさらに100メートルほど進むと、トンネルは広くなった。ティブスさんがたいまつを高く掲げると、その光に照らされて、色鮮やかで妙に美しい無数の点が見えた。それが何であるかわかるのにそれほど時間はかからなかった。

「宝石だわ！」ベアトリスが叫んだ。「でも、なんだか目みたいね……」

ティブスさんはうなずき、不愉快そうに言い出した。

「死んだドラゴンの目玉さ。それぞれ二つずつある。どうやら部屋の中心近くに来たようだな。ここから先は、さらに慎重に進まなければならない」

彼はたいまつを低くすると、突然ピタリと止まった。

「だめだ。二人とも動くんじゃない！　足に何かひっかかるものを感じる。何てこった！」彼は言葉を切った。

「何なの？」ベアトリスが不安な気持ちで聞いた。

「はっきりとはわからん。しかし、ネズミ捕りみたいなものだ」

「それって、ぼくたちがわなに掛かったっていうことですか？」

ぼくは心臓の音が聞こえるほどドキドキしていた。

ティブスさんはゆっくりとうなずいた。「残念ながら、まさにそのとおりだ。後ろを見てごらん」彼は食いしばった歯のあいだからそう答えた。

ぼくたちは振り返り、通ってきたトンネルを見た。ちょうど広くなっているところから、透明な液体が天井を伝ってポタリポタリと垂れはじめていた。積み重なった骨にしたたり落ちる液体は、シューッという音を立てて煙となっている。つんと鼻を突くにおいが、ぼくたちのほうに漂ってきた。

「見て！ ドラゴンの頭がい骨よ！ あの目から出ているわ！」ベアトリスは泣き叫んだ。

「液体が触れて、骨が溶け出しているのよ！」

「酸の涙だ！ アンダーソンの地図に書かれていたよ。ベアトリス、覚えている？」

煙が小鼻を満たし、息をつくことも話すことも困難になってきた。ベアトリスはむせび始めた。

「口と鼻をふさぐんだ！」そう言うティブスさんも苦しそうだった。

今や酸は壁伝いのしずくから濃いしぶきとなって、天井をはう雲のようにぼくたちのほうへ向かってきた。

「急げ！　先に進むんだ！」ティブスさんも必死だった。

ぼくたちは次の角を曲がったが、トンネルの反対側から同じように酸の雲が近づいてきた。新鮮な空気を求めて身をかがめても、のどと目の痛みは絶え間なく続いた。話すことさえむずかしかったが、それでもなおぼくの頭は回り続けた。

「見て……あの……ドラゴンの……頭！」

「な……に？」ティブスさんもしどろもどろだった。

「目の一つ……何かを……閉じなきゃならない……」ぼくは息を切らした。酸はいっそう激しくなった。「確か……地図に……」

「Fermez l'œil rouge……」ベアトリスはしゃがれ声を出しながら、前日に訳した言葉を思い出そうとした。

ティブスさんはドラゴンの頭を広く見渡した。

「何も……ないぞ」彼は叫ぼうとしたが、そのときには、両側から押し寄せる酸の雲が部屋の半分ほどを満たし、さらに濃くなっていた。
「骨の……山の後ろ……見て！」せき込みながらベアトリスが叫んだ。
ティブスさんはベアトリスにたいまつを渡し、骨の山の一つに夢中でよじ登った。そこは酸の雲がいちばん濃くなっているところで、彼は押さえきれずにしばらくせきこんだあと、なんとか落ち着いて上着で口をふさいだ。彼は山のてっぺんから骨をすくい始めた。「これでは時間がかかりすぎる！」
ベアトリスはハンカチを取り出して口をふさいだ。そしてぼくのポケットからもハンカチを取り出すと、ぼくに渡した。その動作の最中によろめいたとき、たいまつが揺れ、別の骨の山を一瞬照らし出した。ぼくはあるものに目がくぎづけになった。ぼくは、その緑色の宝石を手で覆った。何も起こらなかった。起こったことと言えば、酸の雲がさらに速く近づいているだけだった。
ベアトリスが手を揺らすにつれて、たいまつの明かりがトンネルを薄気味悪く照らし出すのが目の端に見えていた。姉さんは何を言おうとしているんだろう？　ほとんどその声は聞こえなかったが、煙越しに、彼女のくちびるの動きが見えた。

「Fermez l'œil rouge」彼女はそう言おうとしていた。「赤……緑じゃない！」

「わかった！」ぼくは自分をぶん殴ってやりたかった。つぎの頭がい骨に移ったが、それも緑色だった。そのつぎは……赤だ！　腹立ちまぎれに夢中で宝石を手で押さえると、酸のシャワーがたちまち止まった。手をどけると、シャワーがまた始まった。

「何をしているの？　ふさぐのよ！」ベアトリスの声はしゃがれていた。

きっと、何かの光の光線が宝石につながっていて、酸が出るようになっているんだ。だから宝石を押さえ続けなければならない！

ぼくは手をそのままにして、ハンカチを口から外し、きれいな空気を吸おうとした。そうだ！　ぼくはハンカチを丸めて、ドラゴンの頭がい骨の眼のくぼみに突っ込んだ。

「やった！　ここから急いで出るんだ！」ぼくは足を大きく踏み出したが、だれかに肩をつかまれた。

「待つんだ！」ティブスさんだった。下を見ると、酸の液体が床でうずを巻いていた。

雲は消えていたが、床にはまだ酸がしたたっていた。しばらく待つと液体は徐々に床にしみていき、廊下を埋めた骨からわずかに蒸気が出るだけになった。

ティブスさんがたいまつを持ち、ぼくたちはさらに進んだ。床に残った酸を避けるように、一歩ずつ慎重に歩いた。トンネルの曲がり角で、ぼくはティブスさんの横から向こうをのぞいてみた。今度は何があるのだろうか？

「真っすぐ行ったところにある扉の前に、何かがありますよ。何だか見えますか？」

ベアトリスもよく見えるように首を伸ばし、目を細めて言った。

「何かの像だと思うわ」

ティブスさんはたいまつを下げて、ぼくたちがよく見えるようにしてくれた。

「中世の騎士のようだな」

「また、わなじゃないですか？」ぼくは注意した。

「そうじゃないことを望むわ」ベアトリスが言った。

「もしわなだったら、それを通り過ぎるための手がかりはもうないわよ」

数分後、ぼくたちは堂々とした2体の像の前に立っていた。石造りの騎士は全身よろいで覆われ、それぞれ本物の剣を持って、両側のトンネルを指していた。それはまるで、そこを通る者はだれでもそれで打ち倒そうとするかのようだった。頭の上にはそれぞれ旗印が刻まれ、一つには「ノーフォーク」、もう一つには「ノースアンバーランド」とあった。ぼくは前に進んで、それを確かめた。

「ダニエル、止まるんだ！」ティブスさんが大きな声でたしなめた。

「わなかもしれない。慎重に扱って、わなのスイッチを見つけるんだ」

「何を？」ぼくは一瞬まごついた。

「わなのスイッチだ。君が気づかないうちにそれを踏んで、その像が動き始めたかもしれない、スイッチだ。剣が鋭いのがわかるだろう？　一つでも私たちに降りかかってきたら、どんな結果になるか考えてごらん」

注意深く調べたが、とくに何も見つからなかった。

「君たちはここで待つんだ。通過できるかどうか、私が見てみよう」

「気をつけてください！　ティブスさん」ベアトリスは心配でしかたがないようすだ。
ティブスさんはたいまつを前に掲げ、像にぴったりと身を寄せて、剣が降りてきて人を打たないかどうか確かめた。像を上から下まで何度も眺めながら、少しずつ像の前を通った。何も起きなかった。今度は左足を使って、わなの線やスイッチがないか確認しながら、反対側まで進んだ。ゆっくりと、また入念に、目に見えない装置がないか確認しながら、彼は像の前を確実に渡りきった。
「やったわ！」ベアトリスが叫んだ。
ティブスさんはホッとして額の汗をぬぐった。
「さあ君たちの番だ！　でも気をつけるんだぞ。できるだけそっと動くんだ。常に目の前に注意を払うんだ。スイッチが動かなかっただけかもしれないからな」
ベアトリスが2体の像の前を通りすぎ、向こう側になんとか着くまでのあいだ、ぼくはずっと息を詰めていた。ぼくの番だ。心臓が口から飛びだしそうだった。
「やりましたね！」像の向こう側に達して二人に合流すると、ぼくは叫んだ。

しかし試練はそれだけではなかった。今度は目の前に4つの扉があった。それぞれの扉の中央には、十数センチメートルほどのすき間があった。そのうちの2つは、赤と緑色の中世のよろいをまとった騎士の像で飾られていた。ほかの2つは、赤と緑色のドラゴンの像がついていた。4つの扉すべてに、赤い文字でメッセージが書かれていた。

「Choisissez avec soin.」

「『注意して選べ』というわけね」ベアトリスが訳してくれた。

「でも何を選べっていうの？」

「わからないよ。もう一つの地図を持ってきていたらなあ。ドレイク博士に持たせるんじゃなかった！」

「でも墓地に来るなんて思いもしなかったじゃない。どちらにしても、ドレイク博士にはここにいてほしかったわね」

ティブスさんはしばらく黙りこくっていた。ドアの前をゆっくり行き来し、それから像のほうを振り向いた。すると、片方の手で自分のあごをたたき、もう一方の手でたいまつを掲げたかと思うと、突然、像の一つに向かって歩きはじめた。
「私が正しければ、この細長いすきまが何かの手がかりになるはずだ。剣の刃の幅とぴったり当てはまるように見えるんだが」
「それはいい考えだわ、ティブスさん！」ベアトリスは、彼のあとについて像に近づきながら言った。
彼は一つの像の剣をグイッと引っぱった。するとそれは騎士の手からするりとすべり落ちた。もう一つも簡単に取り上げられた。
「さあ今度は、どちらの剣をどのすき間に入れるか、決めなきゃならないわね」
「フーン。君はさも簡単なことのように言うね」ティブスさんは悲しげなほほ笑みを浮かべた。
「でも、きっと単純な方法に違いないわ」
「たぶん、暗号になっているんだよ。緑色と赤が何かを意味しているじゃないかな？」
ぼくの直観だった。

「緑が進めで、赤が止まれ、っていうのはどう？」

「でなければ、赤は、悪のドラゴン結社の擁護者のセント・ジョージの色かもしれない」ぼくはベアトリスの答えに異議を唱えた。

「扉の上の文字はどう？」とベアトリス。「『Choisissez avec soin.』の文字は赤い色をしているわ。たぶんこれが探している手がかりじゃない？」

ぼくはティブスさんがだんだんイライラしてきたのがわかった。

「それでは、どんな結果でも受け止めようじゃないか。トーチャーを救うための時間は、それほどないはずだしな」まったくそのとおりだ。

「わかりました。やってみましょう！」

「後ろに下がって！」ティブスさんはそう命じると、剣の一つを赤い騎士の扉のすき間にさし込んだ。するとそれはカチッという音とともにはまった。彼は赤いドラゴンの扉にも同じようにやってみた。やはりカチッという音がして、二つの扉は開いた。そこにはさらにトンネルが続いており、横の壁にはドラゴンの頭部の像が施されていた。

「やったわ！」ベアトリスが手をたたき、ジャンプしながら叫んだ。
「確かに、それほどはむずかしくはなかったね」とティブスさん。
たいまつを集め、ぼくたちは呼吸を整えて新しいトンネルに入った。
「あの床にあるのは何？」それは真っ黒い粉に覆われているように見えた。
「すすのようだわ」ぼくたちがよく見えるように、ティブスさんがたいまつを低くしてくれた。
ちょうどそのとき鈍い衝撃音があり、振り返ると扉が閉まったのが見えた。ベアトリスはすぐにもどって力いっぱい押してみた。
「ピクリともしないわ！」
突然、ガサガサ、パチパチという音がわずかに聞こえてきた。ドラゴンの口が赤やオレンジ色に光り、燃える舌が飛びだしてきた。それは暗いトンネルを驚くほどの明るさで照らし出した。さらに耳をつんざくようなやかましい音が聞こえてきた。
「たいへんだ！　まちがった扉を選んじゃったみたいだ！」

「火を消す水なんかないぞ！」ティブスさんが騒がしさにかき消されないように声を張り上げた。

ベアトリスはリュックサックの中をいじくりまわしていた。

「姉さん、何してんだよ！　時間を無駄にできないんだよ！　何かできることを考えてよ！」

「一つ思いついたことがあるの！」彼女は言い返した。手にはくしゃくしゃになったドラゴンの皮膚のかたまりが握られていた。

「そうだ、耐炎性のマントだ！　ベアトリス、天才だよ！」

「急いで！」ベアトリスは鋭く叫びながら、自分のマントを頭にかぶろうとした。

「二人とも、ここに入って！」ぼくはちょっとためらい、自分のマントをリュックサックから取ろうかとも考えたが、時間がなかった。

全員でマントの下に入り込み、壁を背にしてかたまった。そのときには、ドラゴンの像から噴きだす炎がぐんと強くなっていた。トンネル内はすぐに耐えられないほど熱くなり、ぼくたちは水を求めてあえいだ。それでもマントが焦げるようなことは一切なかった。

そのあと唐突に、パチパチいう音がやみ、始まったときと同じようにすばやく炎が収まったと思ったら、トンネルのいちばん奥の扉がギシギシいいながら開いた。ぼくたちは皆、口の中が乾き息を切らしたままだったが、心底ホッとした。

「マントを入れておいてよかった！　危うく焼かれてしまうところだったわ！」

「まったく、すすになっていたかもしれない」ぼくはベアトリスに同意した。

「なんと恐ろしいことだ！」ティブスさんがつけ加えた。

「ところで、我々はまだ一つの質問に答えたにすぎない」

「ええっ？」ぼくは彼が何を言っているのかわからなかった。

「さて、すすがどこから来たのかはわかった！」

ぼくたちは開いた扉を急いで通り抜け、後ろで閉めた。

「4つの扉のうちどれを選んだら、私たちを安全に通してくれたのかしら？」ベアトリスが独り言を言ったとき、突然、ぼくの頭の中ですべてがぴったりと収まった。答えがわかったんだ！

「悪のドラゴン結社の騎士になったと想像してごらん。考えなくても、何をするかわかるだろう？」

「ほんとう？　いったい何なの？」ベアトリスは戸惑っていた。ぼくは説明を始めた。

「まずね、色は何も関係ないんだ。ぼくたちは考えすぎたんだよ。悪のドラゴン結社の騎士なら、間髪入れずに2頭のドラゴンに剣を突き刺すだろうね」

ぼくは、ベアトリスがこのひらめきを褒めてくれるのを待った。ところが彼女はため息をつき、こうつぶやいた。

「どうしてもっと早くそのことを考えついてくれなかったのよ」

ぼくたちはトンネルを進み、分かれ目にぶつかったら骨を十字型に組んだものを置き、地図から目を離さないようにした。トンネルは徐々に広がり、ついにはまるで巨大なドラゴンの体の内部に来たかと思えるほどになった。天井は、ドラゴンの背中に見られるような大きなうろこに覆われ、床は腹のうろこのようにも見える、無数の色つきタイル状のものでできていた。

ティブスさんはぼくたちの前で急に立ち止まり、腕を広げてぼくたちが追い抜けないようにした。

「あせらないで行こう」そう言うと、隅々まで見逃すまいと、室内に目を走らせた。

「また別の謎だと思いますか？　うろこには全部、ドラゴン文字が書かれているみたいですね」とベアトリス。

「とにかく早く通り過ぎたほうがいいかもしれないよ」そう、ぼくは提案した。

ティブスさんは恐ろしさのあまり息を飲んだ。

「だめだ、だめだ！　君がまちがったうろこを踏んだら、ほぼ確実につぎのわなが動き出すはずだ」

ぼくたちは像のように立ちすくみ、何か手がかりがないか部屋のすべてに目を配った。見上げると、天井に赤いドラゴン文字が書かれた印があった。それは「Mort aux

Dragons!」と読めた。

「これがつぎの謎じゃないかしら？」ベアトリスがため息をつきながら言った。

印の下に何かがあったが、消えかけていた。近くで見ると、赤いドラゴンが巻物を口にくわえた絵であることわかった。ティブスさんは恐る恐る一歩を踏み出し、たいまつを掲げた。何か書かれている。「Just but valiant knight, walk with care on that which is missing from this quizzically exquisite puzzle. 勇敢な騎士よ、この疑わしくも精巧なパズルから失われたものの上を注意して歩くのだ」

「少なくとも今回は英語だね。でも意味がわからないよ」

「『失われたもの』って、いったい何を意味しているのかしら？」

「そこにないものの上をどうやって歩けって言うんだ？」ぼくは率直に疑問を口にした。

「たぶん、指示の中にある文字と関連しているのよ」とベアトリスが答えた。

「待って……。見て、この文には、アルファベットのほとんどの文字がふくまれているわ。XやYやZだけでなくQもUも。みんな普通はあまり使われない文字じゃない？」

「ああそうだ！　床のドラゴン文字を見てみよう」
そう言いながら、ティブスさんはたいまつを自分の前に持ってきてうろこの模様を調べた。ぼくは彼の視線の先を追った。
「ドラゴン文字のA、B、Cがある。それに……、ドラゴン文字のDがたくさん。数えきれないよ！」
「Dは悪のドラゴン結社のDね！」ベアトリスが言葉をはさんだ。
ぼくは振り返り巻物の文を見た。
「これだ！　結局、手がかりは文の中にあったんだ。この文にはDが使われていないよ。それが『失われたもの』だ！」
「何てことだ、そのとおりだよ！」ティブスさんは笑っていた。ぼくの推理力に感心してくれたようだった。
「よく見てごらん。Dのドラゴン文字のうろこがこちらから向こう側までずっと伸びているぞ！」

「それが道だわ！　やってみましょう！」ベアトリスは俄然張り切っていた。

ティブスさんは良く考えてうなずいた。

「そのようだね。でもほんとうに注意しなくてはいけないよ。一度に1歩ずつだ。それでもし何かが起こったら、ジャンプして後ろにもどるんだ」

ぼくたちはDのドラゴン文字の通路を入念に調べ、いざというときに備えた。ティブスさんはたいまつをしっかり握っていた。

「私が先に行くぞ。私の身に何も起こらなかったら、君たち二人は私が通ったあとをそのまま進むんだ」

最初のうろこの前にすき間があったので、ティブスさんは大股でそれを越えなければならなかった。ぼくは息を詰めて見ていたが、今回は酸の噴きだしやドラゴンの燃える舌などもなく、問題なく進めた。彼がたいまつを掲げると、ぼくたちの前に通路がきれいにできており、それ以上の試練はなさそうだった。

彼は最初のうろこの端まで2、3歩下がり、両手を差し伸べた。

「Dのドラゴン文字だ。さあ、ベアトリス。私の腕をつかんでジャンプするんだ！」
ベアトリスは深呼吸すると、ティブスさんのところへジャンプした。ぼくもそれに続いた。うろこは大きかったが、ぼくたち3人全員がたった1枚のうろこの上に立ったので、ぎゅうぎゅう詰めだった。
「よし」ティブスさんは緊張が少しほぐれたようだった。
「私が先に進むあいだ、君たち二人はここにいるんだ。その先で君たちが来るまで待っているから」
ティブスさんは最初はゆっくり、そしてだんだんとスピードを速めた。そして、振り返ってぼくたちをよんだ。「大丈夫だ！　私が通ったあとをそのまま通るんだ！」
ぼくたちは部屋をほとんど横切っていた。そろりそろりと動いたのは、正しいうろこを踏みはずして想像を絶するような恐怖が現れやしないかと、怖かったからだ。トンネルの中はジメジメして寒かったが、集中していたので、寒さは感じなかった。
「フーッ！　私たち、やったわね！」ベアトリスは最後のうろこをとぶと、ハンカチで口元を押さえた。

振り返ると、曲がりくねった通路があった。こちら側にいれば安心だったが、まちがったうろこを選んでいたらどうなっていたことだろう？　ぼくは止まる前に、ドラゴン文字のCがついたうろこを足のつま先で触ってみた。

「ダニエル、何をしているの！」ベアトリスが叫んだが、手遅れだった。

シュッと音がしたかと思うと、そのタイルが落ちこんで、床の真ん中に大きな穴がパックリと口を開けた。ぼくは驚いてとびのいてから、もう一度身を乗り出して穴をのぞき込んでみた。穴はやたら深く、水がたまっているようだった。先のとがった恐ろしい槍が地面から突き出ていた。

「困ったやつだ！」ティブスさんはピシャリと言い、怒りで顔を真っ赤にした。

「やっぱり子どもなんか連れてくるんじゃなかった」

「ぼくらがいなかったら、この通路を見つけられなかったでしょ！」ぼくは言い返した。でも彼が正しいことはわかっていた。ぼくは馬鹿なことをしでかしてしまった。

「通路を通って元にもどれなくなったじゃないか！」ティブスさんが怒鳴った。
「別の出口を探さなきゃならん」でも好奇心が勝ったようで、少し間を置いてから、彼も身を乗り出して穴をのぞき込んだ。
「どうしてこんなことをしちゃったんだろう？」
「少なくとも君がこのことから何かを学んでくれることを望むね。二度と問題を起こさないと約束するんだ！」ティブスさんはため息をつきながら言った。
ベアトリスもまちがいなくぼくのことを怒っていた。ぼくは、だれかにぼくのことを馬鹿だと思わせたことが残念でならなかった。

来た道をもどることができないので、トンネルの分かれ目に骨を置く必要はなさそうだった。ありがたいことに、ぼくたちはそれ以上わなに行き当たることはなかった。通路はついに、大きな部屋につながった。赤々と燃えるたいまつの明るさに目がくらんだ。ぼくはまた心臓がドキドキした。いったいだれが明かりを……？

ティブスさんは止まって地図を調べ、「どうやら着いたようだな」と言った。
「悪のドラゴン結社の総本部の控えの間だ。着替え室だな」
「ドラゴンのにおいがするわ！」ベアトリスは空気をかいで言った。ぼくもおなじみの硫黄のにおいに気づいていた。気持ちの良いものではなかったが、気分が急に高揚した。
「たぶんトーチャーが近くにいるんだよ！」ぼくは興奮してきた。俄然希望がわいてきたんだ。
「ここで何をしますか？」ベアトリスが尋ねた。
ティブスさんは部屋の反対側にある大きな2枚扉のほうに進んで行った。
「後ろに下がっているんだ！」彼はきっぱりと指示した。
「それと静かにしているんだ。扉を少し開けて、反対側に何があるかをまず見てみる。もしだれかいたとしても、そのときは少なくともこれがある」彼はポケットのピストルをたたいた。
「たいまつをここに置いておこう。君たち二人は地図を持っていてくれ。私の身に何か起こったら、ここからなんとか逃げ出し、急を知らせるんだ」
「そこにだれもいなかったら？」ぼくは尋ねた。
「それだとしたら、幸運にも、邪魔者はだれもいないということだから、だれにも見つからずにトーチャーを探せるということだ」
ベアトリスとぼくは、ティブスさんが扉のほうに歩み寄るのを心配げに見ていた。近づくと、ドアが開いた。彼は少しこわばり、上着のピストルを手探りで探しはじめた。そして歩きつづけ、後ろを振り向いては、ぼくたちの方を注意深く見た。
「中にはだれもいないようだ」
「それじゃ、だれが扉を開けたの？」ベアトリスが小声で聞いた。
ティブスさんは肩をすくめ、先に進んだ。そのとき、ぼくたちはキーッという叫び声を聞いた。それに続いて、低く、ガラガラした泣き声が聞こえた。ドラゴンが痛みを感じているときの独特の声だ。ティブスさんは扉のほうに急いだ。
ベアトリスがハッと息を飲んだ。「トーチャーだわ！」

ぼくたちは走って扉を抜け、壮大な円形の部屋に入った。ドーム状の天井には複雑な装飾が施され、壁は凝った彫刻とドラゴンの絵で飾られていた。立派な椅子が内側を向いて配列され、大きな円形をつくっていた。いちばん奥には、まばゆい金のうろこで飾られ、後ろ脚で立ってまるで挑みかからんばかりに頭をもたげた、壮麗なヨーロッパドラゴンの像があった。目のくぼみにはルビーがきらめき、広げられた翼は天井に届かんばかりだった。

「見て！　片方のかぎ爪がない。ドラゴンのかぎ爪がぴったり収まるように見えるよ」

「それは違うわ。ドラゴンのかぎ爪は中国の龍から来ているのよ。ヨーロッパドラゴンのものじゃないわ」

「悪のドラゴン結社はそんな細かいことにこだわらなかったんじゃないかな」ティブスさんが皮肉っぽく言った。

「やつらにとっては、ドラゴンはドラゴンであって、すべて死に値するんだ」

ドラゴンの鳴き声がやんで、部屋は不気味なほど静かになったが、長くは続かなかった。突然、姿の見えない声がとどろいた。それは部屋じゅうにこだまし、まるでドラゴンの像の口から発せられたかのようだった。

「ようこそ、よそ者たちよ！　おまえたちにここで会うことになるとは考えていなかった」その声はいったん、もったいぶるようにやんだ。

「我々はエレナー交差点で会う約束をしていなかったかな？　ダニエルとベアトリス、自分たちの使命をだれにも話さないようにという指示に、従わなかったな」声の主の憤りはだんだんと増し、声は最高潮に達したようだった。

「ティブスが一緒だっただけで、おまえたちがこの危険な迷路を生き抜いたことは驚きだ。とにかくおまえたちはここに来た。ということは、ドラゴンのかぎ爪を持ってきたということだな？　持ってきていない場合に、おまえたちをどのように扱ったらよいかなどと、おれに考えさせるなよ」

「だれなの？　姿を見せて！」ベアトリスはこんなときにいつも大胆だ。

「私は悪のドラゴン結社の秘密の首領だ！　さあ、かぎ爪を見せるんだ！」
「あなたがだれだかわからないうちは、見せることはできないわ！」。
「おまえたちは私と取引するような立場にはない」その声は、驚いているようだが、楽しんでいるようにも聞こえた。
ティブスさんが、持ってきていたドラゴンのかぎ爪を高く掲げた。その顔は真っ赤になり、こめかみの血管が脈打っていた。
「トーチャーはどこだ？」そう問いつめたティブスさんの声は異常に高まっていた。
「おお、そこにいたのか」今度は落ち着き払った声が聞こえた。
「セント・ジョージの肖像画の下の檻を見てみろ」
ぼくたちはすぐさま肖像画を探し、その下の檻の前に駆け寄った。ティブスさんが檻をギシギシ揺すったが、下に横たわっている赤ん坊ドラゴンの目を覚まさせることはできなかった。
トーチャーを見つけて、ぼくは涙で前が見えなくなった。最愛の赤ん坊ドラゴンは横向きに寝て、ほとんど動かなかった。目は閉じられ、うろこのはえた首は後ろの壁につながる太い鎖で巻かれていた。

「けだもの！　あの子に何をしたの！」ベアトリスが泣き叫んだ。

「ただ静かにさせているだけだ。しかし問題があるとしたら、私がその子に何をしたかではなく、これから何をしようとしているかだろうな。すべておまえたち次第だがな」

一言一言を聞くごとに、聞いたことがあるという感じが強くなっていった。聞いたことがあるのはまちがいなかったが、どこでだか思い出せなかった。像の後ろにいる男はぼくたち3人を知っているはずだ。こいつがS.A.S.D.の裏切り者だというのか？

「かぎ爪をよこすんだ、ティブス」その声は命じた。

ティブスさんは言われたとおりにした。どこか遠くで、古い機械がガラガラするような音が聞こえた。檻の格子がゆっくりと動き、キーキーとすりつぶすような音を出しながら、地面から1メートルほどまで上がった。

ベアトリスとぼくは猛然と飛びだした。

「中に入っちゃだめだ！　わなかもしれないぞ！」ティブスさんが警告した。
しかしもう遅かった。ぼくたちは檻の中にすべり込んだかと思うと、次の瞬間には、トーチャーのそばにいた。かわいそうな赤ん坊ドラゴンは虫の息だった。なでたりたたいたりしても、反応はなかった。
「見て！　死にかけているわ！」ベアトリスは涙を浮かべていた。
その一方で、声は引き続き部屋じゅうに響いていた。
「ティブス。ドラゴンのかぎ爪を像のくぼみに置くんだ」
ティブスさんはかぎ爪をぎゅっと握っていた。彼がこの状況から抜け出す方法を考えていることが、ぼくにはわかった。でも見る限りでは、何もなかった。
トンネルの中で試練が続いたあとで、その声の主が目的のためなら手段を選ばないことが、ぼくたち三人はわかっていた。ティブスさんは像のほうに一歩ずつ進み、レプリカのドラゴンのかぎ爪をくぼみに押しこんだ。
「それではドラゴンのかぎ爪を自分のほうに引くんだ」

ティブスさんは爪を引いたが、何も起こらなかった。腕はピクリとも動かなかった。

「もう一度やってみろ、ティブス！」その声は待ちきれずに命じた。

「私にはできない」ティブスさんが言った。

「できない？　いったいどういうことだ？　やれない、という意味なのか？」

その脅すような怒り方には、確かに覚えがあった。ぼくは神経を集中させた。突然、声の主がだれだかわかった！　だれもが死んだと思っていた男だ。

「悪のドラゴン結社の首領なんかじゃない！　イグネイシャス・クルックだ！」

答えはなかったが、檻の格子がキーキー、ミシミシと音を立てながら下がり、バタンと閉まってしまった。ぼくは身動き一つできなかった。ベアトリスと二人、わなに閉じこめられたのだ。

第13章　宝の山

ドラゴンの殺りくに失敗することは、王への背信だと見なされる。追跡を成功させられない騎士たちは、その報いを受けなければならない。彼らには厳しい選択が提示される。すなわち、追放か、死かだ。

――『マレウス・ドラコニス』（ドラゴン・ハンマー）エドワード一世

イグネイシャス・クルックがドラゴン像の後ろから出てきた。長い黒のマントを巻きつけ、フードを深くかぶって顔のほとんどを覆っていたので、声だけしかわからないことに変わりはなかった。

ティブスさんはピストルを取り出し、イグネイシャスにねらいをつけた。恐れなのか怒りなのかどちらかわからなかったが、その手は震えていた。

「ピストルを下ろすんだ、ティブス。おまえさんはそんなものを使いこなせる男じゃない。たとえいまいましい小僧どもを助けるつもりでもな。もっとも、おまえもそいつらをきらっていたんじゃないのか？」

ティブスさんは手をしっかり押さえ、ピストルのねらいをつけたままだった。

「それはどうかな」

「おまえは死んだんじゃなかったのか、イグネイシャス」檻の中からぼくは叫んだ。ほんとうにこんなやつ、死んだほうがどれだけよかったことか。

「死んだ？　ハハハ、ヘゼキア船長の話が広がったんだな？　やつがおれをドラゴンの島に置き去りにしたあと、おれはこうなったんだ！」

イグネイシャスはフードをぬいだ。その顔は醜い火ぶくれだらけで、肉の一部はえぐられてほとんど骨が見えるほどだった。これではフードをしていなくても、声がなければほとんど見分けがつかなかっただろう。

イグネイシャスは、同情する観衆を前にしたように語りはじめた。

「ヘゼキアは、島にいた悪魔のアンフィテールについては正しかった。あいつはおれを攻撃し、死んだと思って放置した。たまたま見つけた流木につかまって逃げなければ、死んでいただろうな。6日間も腐った木の枝につかまって浮かんでいたよ。そのあとスペインの船がおれを見つけて、ヨーロッパに連れ帰ってくれた」

イグネイシャスによれば、彼の父親のエベニーザー・クルックにとって、悪のドラゴン結社の秘密を追跡したときと、失われたドラゴンの島を必死になって探したときが、人生で最も充実した、同時に重大な脅威を感じとった時期だった。

エベニーザーは自分で島を見つけることはできなかった。しかし古い地球儀が島の位置を示していたので、イグネイシャスがその意志を継いだ。ところが、エベニーザーがドラゴン・マスターの称号をイグネイシャスに継がせなかったおかげで、彼は父親の死後痛い目にあっていた。おまけに、一族の家がちょうど1年前に火事にあい、彼は自分がもらえたはずの遺産をも失ってしまった。ぼくに言わせればすべて自業自得だ。

「それでおまえは島に戻って、失われた富を回復するために宝を探したんだな?」

イグネイシャスが、権利など主張できないはずのもので損失の埋め合わせをしようとしたことは十分にあり得る。ゾッとしたけれど、とにかく時間を稼がなきゃ。イグネイシャスに話させ続ければ、ドレイク博士がぼくたちを見つけるか、あるいはぼくたちが逃げる方法を考えつくか、どちらかの望みが持てた。

「島に莫大な宝があることは確かだ。でもおれはまだ金貨の一つも見てない」イグネイシャスの言い方は苦々しく、怒りが込められていた。

「ガーディアンのアンフィテールがうまく隠したんだ」

ところがイグネイシャスは、便利なものを島で見つけた。バシリスクに力を与える特別なドラゴンの粉が詰められた魔法の杖だ。国にもどって、彼はある考えを思いついた。

「それはランソーン塔の復元工事の記事を読んだときだった。おやじがおれに残してくれた地図を使って墓地に入れたんだ」

どうも、エベニーザー・クルックは死ぬ直前に、ノースアンバーランド伯爵が所有していた古い羊皮紙に、墓地のわなに関する記述があることを発見したようだ。彼はまた、入口の謎も解くことができた。ところがその発見についてS.A.S.D.に伝える機会がないまま死んでしまった。死んだときの枕元に地図の写しが置かれていて、入口からの安全な入り方と、わなにかからないようにする方法についてのメモも添えられていた。

「ドラゴン学者というのはなんと馬鹿なんだ！」イグネイシャスはあざけった。

「2、3回攻撃をしかけて、おれがつくったくだらない指輪を見せただけで、執念深い悪のドラゴン結社の騎士たちが復活したと信じこんでしまうんだからな。訳もないさ。おれのねらいはな、ドレイク博士やおせっかいなおまえたちの両親のような人間を遠ざけることだけだったんだ。ドラゴンのかぎ爪に到達するには、おまえたち二人の赤ん坊ドラゴンに対するかわいがりぶりを利用するのがいちばん簡単だってわかったのさ」

イグネイシャスは、現代の悪のドラゴン結社のメンバーを容易に見つけられたはずだ。それには、金と、生きたドラゴンの狩りをするというまたとない経験ができることを約束すればよかった。

「その手を使ってアンダーソンを巻き込んだんだな！」ぼくはわめいた。

「アンダーソン？　おまえが言っているのは、大物狩りで有名なウィルソン少佐のことだな。あいつはただ雇われただけだ」

どうやら、イグネイシャスは少佐を墓地に案内したようだ。イグネイシャスはエベニーザーの地図を送って、野砲を持ってくるよう少佐に言った。その野砲を使ってドラゴンを殺せることを証明して、少佐に秘密のサインと合言葉を教えた。そしてイグネイシャスは少佐に指示を与え、ぼくたちを追わせたんだ。

「でも、どうしてドラゴンのかぎ爪が必要なの？」ベアトリスはまだトーチャーの額をやさしくなでていた。

イグネイシャスの醜い顔はゆがんだ笑みでクシャクシャになった。

「ドラゴン結社の騎士たちは用意周到だったよ。やつらは自分たちの莫大な富をうまく隠したんだ」

「それじゃ、かぎ爪が宝を探り当てる鍵なんだな！」

「まぬけども！　この壁の後ろにどれだけの宝が隠されているかわかるか？　ドラゴン結社の騎士たちの富がどれだけのものか、想像もつかないほどだ！」

「あなたはその宝に招き寄せられたというのね。じゃあ、取引は成立したでしょ。あなたはかぎ爪を手にしているわ。だから、トーチャーを連れて帰らせて！」ベアトリスは立ち上がり、檻をガタガタ揺さぶった。

イグネイシャスは像のほうにあとずさった。かぎ爪はまだくぼみにあった。彼はそれを2度、3度と引いてみた。今度はかぎ爪を持ち上げ、品定めを始めた。

「これはドラゴンのかぎ爪のはずだよな？」イグネイシャスがそう言い出したとき、ぼくの心臓は止まりそうになった。

「動かないぞ。どうして宝の部屋が開かないんだ？」彼は威嚇するような目を見せた。つぎの瞬間、耳をつんざくような怒鳴り声を部屋全体に響きわたらせた。

「違う！　これはおれの祖父さんがつくった偽物だ！」

トーチャーがわずかに動いた。ベアトリスはひざまずき、やさしく揺さぶった。

「トーチャー。起きてちょうだい」しかし赤ん坊ドラゴンはそれ以上動かなかった。

イグネイシャス・クルックはもう一度醜く笑った。

「おまえがなでているドラゴンが本物のトーチャーでなかったとしたら、どうする？」

彼はそう言うと、突然マントの下から宝石のついた杖を引っぱりだした。そして、ドラゴンの粉を少しまくと、8の字に回しながら「アブラ！」と叫んだ。ドラゴンの目がパッと開いた。それを見てぼくたちはすぐにわかった。トーチャーの目は深い緑色のはずだ。そのドラゴンの目は同じ緑色でも、明るいエメラルド色で、金色の小さな斑点がついていた。瞳孔は深いプールのように黒くて、引きこまれそうなほどだった。

ぼくは眠気を催し、だんだん我慢できなくなっていった。ハッとした。その生きものは催眠術をかけようとしている！　こんなときは、視線をそらさなければならない！

「バシリスクだ！」ぼくは警戒の声をあげた。「目を見ちゃだめだ！」

その生きものは立ち上がり、シューッと音を立てて鼻を鳴らし、ドキリとさせるような目でこちらをにらんだ。幸いなことに、ぼくは前に催眠術にかかったことがあり、何が起こるかわかっていた。

「ティブスさん！　ティブスさん、助けて！」ベアトリスが叫んだ。

ティブスさんはバシリスクに銃口を向け、眉間をねらった。そのときイグネイシャスがすばやく動いた。杖を振り上げると、ティブスさんを指して「イパナ！」と叫んだ。

バシリスクはすぐさまティブスさんに目の焦点を合わせた。

「見ちゃダメ！　やられちゃうよ！」ぼくは叫んだ。

しかし時すでに遅し。ティブスさんの腕はだらりと垂れ下がり、ピストルは手からすべり落ちた。彼は2、3歩前に進むと、壁に向かってよろめき、檻のすぐわきの地面にぐにゃりと倒れた。

「催眠術をかけたのね！　私たちはどうなってしまうの？」

「自分たちで防ぐしかないよ！　ぼくたちだけはやられないようにしよう」

バシリスクは向きを変えて、もう一度ぼくに視線を向けようとした。牙からは毒液がしたたっていた。ぼくは、ベアトリスを後ろにしてできる限り守りながらあとずさりした。バシリスクは首に巻かれた太い鎖をグイッと引いたが、それはまだ固定されていた。

「カンビア・ズィフォーニー！」杖をバシリスクに向け、イグネイシャスが命じた。

バシリスクは姿を変え、口は長く、細くなった。翼からは羽が生えてきた。

「コカトリスの姿になってきたわ！」ベアトリスが叫んだ。

「まだ催眠術をかけようとしているぞ！　絶対やらせないようにしなくちゃ！」

ぼくはどうやって自分を守るか知っていた。でも、ベアトリスは催眠術にかかったことがないから、バシリスクの目を少しでも見たらやられてしまう。

「４６２９割る３はいくつ？」ぼくはベアトリスに問題を出した。

「……１５４３」少し間があって、彼女は答えた。

「正解！　それじゃ、１７３万３千足す２８４万２千は？」

催眠術への対策は、それを解くのもかからないようにするのも、大きな数字の計算を続けてすることなんだ。ぼくは質問を連発しながら、頭の中で同時に答えを出していた。

コカトリスのくちばしからしたたる毒液が岩にはね返ってとんできたが、ぼくはかろうじてよけた。そのあいだも繰りかえし頭の中で計算問題を考えたり、答えを出したりしていた。そいつは頭をそらしてまっすぐに立ち、毒液をもう一度吐こうとしていた。

「29！」つぎの問題に、ベアトリスが怒鳴るように答えた。
すると彼女は向きを変え、イグネイシャスに必死に訴えた。
「私たちを出して！　言うことは何でもするわ」
「あいにくだが、それはできんな。おまえたちはおれが必要としているものを持ってこなかった。だから、もうおれにとっては役立たずさ。かわいそうなコカトリスが腹を空かせている。食事をさせる時間かもしれんな」
「それなら、本物の爪を持ってくるよ！　どこにあるか知っているんだ」
「馬鹿を言うんじゃない。出まかせに決まってる」
「すぐにドレイク博士がやってくるわ。彼はあなたを絶対許さないわ」
ぼくは檻ぎりぎりまで後ずさった。そのあいだも常にベアトリスを後ろにしていた。コカトリスはぼくたちに近づいてきていたが、ガチャリと大きな音を立てて、鎖がいっぱいのところで止まった。くちばしでぼくに噛みつこうとし、その冷酷な目の焦点を必死にぼくに当てようとした。ぼくに催眠術をかけられないことが、どうしても理解できないようだった。

もう一度頭をそらしてまっすぐに立つと、無理にも前進しようとして、ボルトでしっかり取りつけられている鎖を猛烈にグイッと引っぱった。そのとき、レンガ造りの壁に大きな割れ目が生じ、ボルトのところから広がっていった。

「おれはもう飽き飽きだ」あくびをする振りをしながら、イグネイシャスはもう一度杖を振るった。「カンビア・ヴィペーラ！」

ガラガラと鎖の音を立て、コカトリスがまた姿を変えはじめた。脚と胸には筋肉がびっしりと詰まり、羽は固いうろこにもどっていった。一方で翼が巨大な傘のように広がり、檻の天井で押しつぶされそうになった。ベアトリスとぼくは壁にへばりついていた。その生きものはいやらしい目でぼくたちを見下ろすようになった。

「ワイバーンに変わろうとしている！」

普通は、ワイバーンは人間と良好な関係にある。でもこいつの心はバシリスクのままだから、始末が悪い。

「アターカ！」イグネイシャスが命じた。
ドラゴンは死に物狂いで鎖を引っぱった。でも、鎖はまだしっかり壁につながっていたので、ぼくたちはなんとか安心できた。そいつは欲求不満の吠え声をあげた。
そのときどこか近くで、別のドラゴンの吠える声が聞こえた。
「トーチャーだ！」ベアトリスとぼくはいっせいに声をあげた。
赤ん坊ドラゴンにはぼくたちの声が聞こえたようで、さらにもう一声吠えた。
「そんなに遠くじゃないよ！」
「でもこんな所に閉じこめられていたら、何もできやしないわ！」ベアトリスはそう叫ぶと、鉄の棒をつかみ、必死になって檻を開けようとした。でも無駄だった。鉄の檻は1トンもの重さにも感じられた。
「アターカ！」イグネイシャスがもう一度命じた。
ワイバーンがものすごい吠え声をあげた。ぼくは鼓膜が破れるんじゃないかと思った。そいつは、鎖と壁をつなぐボルト周りの石がくずれるまで、鎖を全力で引っぱった。

トーチャーが吠えるのがまた聞こえた。

「ティブスさん！」ベアトリスが檻の中から叫んだ。

「ティブスさん、起きて！　壁がくずれるわ！」

「イグネイシャス！　やめさせてくれ！」

ワイバーンは最後にグッと力を込めると、ボルトを壁から一気に引き抜いた。ボルトのあった壁がくずれ始め、檻の横のブロックもゆるみ始めた。チャンスが来た。ぼくたちはなんとかそれを横に押し広げ、壁にわずかなすき間を開けた。ぼくはベアトリスをそのすき間から外に出そうとしたが、だめだった。

雷のような音をあげて、後ろの壁全体がくずれてきた。ワイバーンは勝ち誇ったような雄叫びをあげながら、ぼくたちのほうへとびはねてきた。そのとき、立ちのぼる砂ぼこりと落ちてくるレンガで一瞬前が見えなくなった。

「姉さん、大丈夫？」

「私は大丈夫よ。トーチャーに何があったか、知る必要があるわね」

名まえを呼ばれたのにこたえるかのように、赤ん坊ドラゴンが突然後ろの壁の穴からとび込んできた。勇敢にも、彼はワイバーンとぼくたちのあいだに立ち、戦いを挑むかのような構えをした。

ぼくは手を伸ばし、トーチャーをわきへどかそうとしたが、捕まえられなかった。

「トーチャー！　戦えないよ。今は火も吐けないんだよ！」

そのときあることを思い出した。ぼくはポケットに手を突っ込むと、持ってきていた火打石と黄鉄鉱を引っぱりだした。

「トーチャー。早くこれを！」それを渡すと、トーチャーはほおの中にすべりこませた。すぐに、チカチカとした火花がくちばし周りに現れた。彼は自分のしっぽを前後にくねらすと、いきなり強烈な火柱を発射し、ワイバーンを少しのあいだたじろがせた。

しかしその生きものはすぐに、ぼくたちに向かってまた進みはじめた。

「ターミナス・ウルトラ！」イグネイシャスが叫び、杖をぼくたちに差し伸べた。

「やつらを片づけろ！」

「これで終わりかな、姉さん？」

「今はなんともしようがないわね」ベアトリスはぼくの手をギューッと握りしめた。

「少なくとも、イグネイシャスは宝を手に入れることはできないわ」

ワイバーンが止まった。クンクンにおいをかぐと、まるで何かに耳を傾けるかのように首をかしげた。

「ターミナス・ウルトラ！」イグネイシャスは再び命じたが、今度はそれまでなかったような、何か不確かな雰囲気が声に現れた。

ワイバーンはうなり声をあげ、今にもぼくたちをむさぼり食う用意ができたかのようだったが、部屋の反対側が突然大きくくずれて、その勢いをそいでしまった。

正面の扉が内側に壊れ、なんと、エラスムスが立ち向かってきた。ぼくはたくましいその姿を見て、小躍りするほどうれしかった。

「こんないまいましいトンネルなど、つぶしてしまえ！」エラスムスは吠えながら、自分を納得させるように言った。そこでエラスムスはぼくたちに気づいたようだ。

「おお、子どもたち、そこにいたか。ドレイク博士はまだ着いていないのか？　赤ん坊ドラゴンはどうした？」

彼は、ぼくたちがわなにかかって檻に閉じ込められていることに気づいていないようだった。それに化け物がぼくたちを食べようとしていたことも。

イグネイシャスは像のそばにいた。ワイバーンは向きを変えて、ぼくたちに正対した。

「サブシスト！」イグネイシャスが叫び、杖でワイバーンに指図した。この命令で、化け物はピタッと動かなくなった。イグネイシャスはぼくたちのほうを向いた。

「あれは何だ？　答えろ！」彼はしわくちゃの指で雪のように白いドラゴンを指した。

エラスムスは2、3歩イグネイシャスに近寄り、丁寧に自己紹介した。

「私はエラスムス。スピッツとブライソニアの息子で、ドラゴン・アプレンティスである。おまえは？」エラスムスは嫌悪感むき出しで、イグネイシャスを上から下まで眺めた。「おまえは悪のドラゴン結社の騎士ではないな！」

「ハハハ！」イグネイシャスはあざ笑った。

「おれが悪のドラゴン結社の騎士かどうかなど、どちらでもかまわん。おまえさんがあの檻に入ることはできない。バシリスクがあの子たちを殺すだろうよ。もちろん、おまえさんがドラゴンのかぎ爪を持ってきていれば話は別だがな！」

「かぎ爪はここにある！」エラスムスはしっかりと答えた。本物のドラゴンのかぎ爪を翼の下から引きだすと、自分の脚のあいだに置いた。ぼくはびっくり仰天した。いったいどうやって持ってこれたというんだろう？

「私は、ここで偉大な騎士と戦い、この爪をその勲章とすることを考えていた。しかし、ここには騎士はおらんようだ」彼は間を置いて言った。

「私は、おまえにこれを渡そうとは思わない。それに、おまえやそこにいる醜いドラゴンがその子どもたちを殺すようなことがあったら、必ずおまえを殺してやる。私はドラゴンと人間のあいだの協定など気にしていない」

「おまえさんとおれのあいだで新しい協定を結べるかもな」ふてぶてしく言いながらも、イグネイシャスの目は本物のドラゴンのかぎ爪にくぎづけになっていた。

「像の上にある偽物を本物と交換してくれ。そして手前に引くんだ。あとでそれは持っていってくれてもいいさ。そうすれば、子どもたちを解放すると約束するよ」
「聞いちゃだめ！　やつはだまそうとしているのよ！」ベアトリスが叫んだ。
エラスムスはわずかのあいだ考え、そして口を開いた。
「言うとおりにしよう。私が爪を保持していれば、我々の大義が損なわれることはない」
彼は像からレプリカのかぎ爪を抜いた。
「それでは、本物の爪をくぼみに置くんだ」
イグネイシャスの指示に従って、エラスムスは爪をさし入れた。大きな衝撃音がした。
「待て！　私が爪を引く前に、子どもたちを解放するんだ」
イグネイシャスには選択の余地がなかった。彼は振り上げていた魔法の杖を下げると、いったん像の後ろに姿を隠し、レバーを引いた。檻の格子はガチャガチャと音を立てながら上がっていった。ぼくたちはトーチャーを抱き、エラスムスのそばに急いだ。
「格子をもう一度下げるんだ、早く！」エラスムスは命じた。

イグネイシャスは指示されたとおりにした。これでバシリスクは檻に閉じ込められた。ベアトリスとぼくは互いを見つめ、つぎにトーチャーを見た。そして二人とも大きな安堵の息をついた。

でもまだ終わりではなかった。ぼくたちが安全になったのを見て、エラスムスはドラゴンのかぎ爪を自分のほうに引いた。ぼくたちは息をつめて待った。最初は何も起こらなかった。しかし、遠くからすりつぶすような音が聞こえたかと思うと、突然、壁全体がゆっくり上がりはじめ、一すじの金の光が見えた。壁がさらに上がると、今までにドラゴンの巣で見たどんな宝にも勝るほどの、巨大な宝の山が姿を現した。

貴金属や宝石が天井まで届くほど山と積まれていた。山の真ん中には中世の銀製の玉座があり、実物大の龍の彫刻が後ろから抱きつくように飾られていた。その爪にはダイヤモンドが握られていたが、その大きさはドラゴンのかぎ爪に取りつけられたものをしのいでいた。その宝物は、イギリスのすべての失われたドラゴンの富をまとめたものだった。あまりのまぶしさに目がくらむほどだった。イグネイシャスでさえも、ついに宝の山にたどり着いたことがにわかに信じられないようだった。
「悪のドラゴン結社の失われた宝だ」彼はつぶやき、一歩ずつ近づいていった。
「この玉座はおれのものだ！」そう叫ぶと、彼は宝の山によじ登りはじめた。
「おれは遺産を受け継ぐんだ。おやじができなかったことをやってやるんだ！」

彼は玉座に身をしずめると、興奮を押さえきれないように忍び笑いをもらした。
しかしその笑いは長くは続かなかった。玉座に飾られた龍の指が突然イグネイシャスの腕をつかみ、足の指が彼の足を押さえた。
「な、何なんだ!?」

彼がパニックになって悲鳴を上げると、今度は玉座が土台ごと勢いよくひっくり返り、視界から消えた。息が詰まったような悲鳴が最後に聞こえたあと、静けさがもどり、空になった玉座が元にもどってきた。

しばらくのあいだぼくたちは立ちすくみ、イグネイシャスがついさっきいた所を見つめていた。すると、きしむような音がわずかに聞こえたかと思うと、低いガラガラ音がそれに続いた。大きな山から宝石がボロボロとこぼれ落ち、床の上を音を立てて転げまわった。ガラガラ音が大きくなるにつれて、さらに多くの宝石がぼくたちのほうにこぼれてきた。金がなだれのようにくずれると、突然、玉座が消えた。そのとき、宝物の山全体がすべるようにこちらに進んでいることがわかった。

「この場所全体にわなが仕掛けられているんだ！　部屋がくずれ落ちる！」

ぼくは叫んだ。

ドーム状になった天井の、頂点より右側の石が一つ、ドサッと音を立てて床に落ち、あやうくティブスさんを直撃するところだった。恐らく、宝はこの部屋の天井全体で守られているのだ。ドラゴンの像がよろめいたかと思うと、部屋の真ん中に落ちて壊れ、書見台にぶつかった。古そうな本が転げ落ち、落ちてくるレンガですぐに埋まってしまった。倒れてきた像が鎖を引っぱり、檻を開いた。はじき出されるように檻から出てきたワイバーンが、ぼくたちに向かって進んできた。

「うわっ、たいへんだ！」ぼくは叫んだ。

「どうしたらいいの？」

「クルックの杖を使えば、たぶん止められるよ！」

ベアトリスは部屋をさっと見渡した。

「イグネイシャスと一緒になくなったみたい！　探している時間はないわ！」

レンガが天井から落ち、像が地面にくずれ落ちたとき、ティブスさんが正気を取りもどした。まだ少しぼけたような感じだったが、なんとかピストルを構え、ワイバーンの方向を目がけて引き金を引いた。弾丸はワイバーンのうろこをかすめただけだったが、それでもその生きものは部屋の隅に引っこんだ。

ぼくはティブスさんに手を貸してなんとか立ち上がらせた。そのあいだにベアトリスは扉のほうへ急いだ。しかし部屋がくずれ始めると扉はバタンと閉まり、力いっぱい押してもピクリとも動かなかった。

「エラスムス！」ティブスさんを引っぱりながら、ぼくは叫んだ。「扉だ！」

フロストドラゴンは頭を後ろにのけぞらせ、低い体勢をとると、闘牛の牛のように扉にぶつかっていった。2回目の衝撃で、扉は曲がった。

そのころには大きなレンガが頭の上に落ちてきていた。そして部屋の天井を支えている柱の一つがグラグラし始め、内側に倒れてきた。ベアトリスはトーチャーをしっかりと抱きかかえ、出口に走った。ワイバーンがもう一度向かってきた。ぼくはティブスさんを押し倒すようにして、間一髪で、火柱をよけることができた。

天井から大きな石が矢つぎばやに落ちはじめた。部屋の向こう半分は完全にくずれ、膨大な量の金のコインがまるで溶岩のようにまき散らされ、部屋の床を埋めた。

「急いで！」ベアトリスが叫んだ。

ぼくは、ティブスさんを押しながら、大あわてで進んだ。そのあとをワイバーンが追いかけてきた。ティブスさんはなんとか扉を通り抜けたが、ぼくがついていこうとしたとき、ワイバーンが飛びついてきた。爪がぼくを捕まえ、息が顔にかかるのを感じた。ぼくはなすすべがなかった。やつの牙が肉に食いこむのを待ち、やってくるはずの恐怖と痛みに対して覚悟を決めた。

ところが拍子抜けだった。ワイバーンは空中で凍りつき、ぼくは扉をぬけて安全な所にやわらかい鼻先で押し出された。

何が起こったかを理解するのに少し時間がかかった。エラスムスが氷のひと息でワイバーンを凍らせていた。ぼくは、まだ心臓がドキドキしていたが、彼に礼を言った。しかしエラスムスはただ、トンネルからの脱出口に向けてぼくたちをさらに押しやるだけだった。振り返ると、凍りついたバシリスクが金のコインに埋まっていくのが見えた。

ぼくたちはまだ安全ではなかった。墓地のトンネルにつながる控えの間に逃げただけで、どこの天井も裂け目だらけだった。

「墓地全体がくずれ落ちるんじゃないの！」ぼくはベアトリスに言った。

その恐れを裏付けするように、ドーンッという大きな音がして天井がくずれ、控えの間の扉の一つが曲がった。ぼくたちの後ろに金のコインがこぼれ落ちてきた。

「早く！」ぼくはわめいた。

「どっちなの？　今来た道はもどれないし、ほかの道はわからないわ！」ベアトリスが力なく答えた。

「落ち着いて、わしについてくるんだ」エラスムスの声がこだましたが、そのときにはもう控えの間からつながるトンネルの一つに彼の姿が消え去ろうとしていた。

ベアトリスがティブスさんの片手をつかみ、ぼくたちはエラスムスのあとを急いで追いかけ、トンネルの迷路へもどった。トーチャーはぼくたちのあとを走ってついてきていた。耳の奥でレンガの壁が激しくつぶれる音が響いていた。

第14章　イドリギアの裁き

ことばを操る、社会を構成する、歴史を理解する、芸術を鑑賞するなどのあらゆる人間らしい営みが、実は人間だけのものではないとする認識は、静かに、しかし確実にもみ消さなければならない。

――『マレウス・ドラコニス』（ドラゴン・ハンマー）エドワード一世

ドラゴンの墓地から逃げ出すことは、言いようのない試練だった。トンネルのあらゆる所が割れ、どちらへ行けば安全なのかまったくわからなかった。ティブスさんも足手まといになっていた。彼は正気を取りもどすようすがまったくなかった。くずれてくるレンガのかたまりをかろうじてよけた直後に、エラスムスが彼を持ち上げ、ぼくたちの足もとに現れた大きな割れ目を越えさせてくれた。

後ろのトンネルの一部がくずれ落ちると、サーッと風が来てたいまつを吹き消した。

トーチャーがたいまつに着火してくれるまで、ぼくたちは長い時間、暗やみの中を手探りで進んだ。幸いなことに、エラスムスは行くべき方向がわかっていたようで、つねにぼくたちを導き、最後には、ぼくたちが通らなかったはずの墓地の一部に着いていた。

「どうしてこの道がわかったの？」ぼくはエラスムスに尋ねた。

「ああ、それは」フロストドラゴンは明らかに誇らしげだった。

「アンダーソンの地図を記憶していたんだ。地図に2番目の入口が記されていることに気づかなかったか？　悪のドラゴン結社がドラゴンの捕虜をなぶり殺すのに使った部屋に続く入口だ」

「なぶり殺す、ですって？　そんな恐ろしいことを！」ベアトリスが叫んだ。

「まったくだ。悪のドラゴン結社の騎士たちがやったことは最悪だ。わしは、やつらのおぞましい墓地を破壊することなどまったく意に介さないが、一つか二つの遺産だけはなんとか残したいんだ」

「遺産って、ドラゴンのかぎ爪のこと？」何食わぬ顔でぼくは尋ねたが、エラスムスの反応はぼくを驚かせた。彼はピタリと止まると、ゆっくり振り向いた。真っ白い顔には不安と戦りつが見てとれた。

「ドラゴンのかぎ爪！」彼はわびしく嘆いた。「ドレイク博士はわしを信頼して預けてくれた。わしは命をかけて爪を守ると約束した。しかしわしは……」

「総本部のがれきに埋もれさせてしまった。二度と目にすることはないだろう」

若いドラゴンは力なくくずれ落ち、少しのあいだ、何もする気が起きないようだった。しかし、すぐにきっぱりと立ち上がった。

「取りもどさなきゃならん！　最初はトーチャーを奪われた。今度はかぎ爪だ。両方を取りもどさなければ、わしはドラゴン・アプレンティスの称号にふさわしいとはいえない」

エラスムスはがれきをよけながら、もどりはじめた。トーチャーがあとに続いて走りだした。ぼくたちはなんとかして止めなければならない。

「エラスムス！　あなたが必要なんだ。今もどったら、二度と会えないかもしれない。

トンネルからはだれも生きて出られないよ。あなたもわなに捕まってしまったら、ぼくたちはどうしたらいいんだ？」

エラスムスはがっくりとうなだれた。

「それでは、わしは大事なものをなくしたのだな」

「トーチャーがいるよ！　ぼくたちはそのために来たんだし、目的は達成したよ！」ぼくは確固として答えた。

エラスムスが一息ごとに大きくため息をついたので、ぼくたちはそれまでよりゆっくり歩いた。角を2、3回曲がったら、驚いたことに地下の鉄道レールに出くわした。

ベアトリスはゆっくり周りを見てから言った。

「そうね、これが2番目の入口ね！」

「鉄道がつくられたときに、どうして発見されなかったんだろう？」ぼくは不思議に思った。

「厚いがれきの下に埋まっていたからだ。何が埋まっているか、想像もしなかったんだろう。わしが墓地に入る前にがれきをどけておいたのだ」エラスムスが説明してくれた。
後ろでガラガラと音がして、大きな石のかたまりが天井から落ちた。トンネル全体が陥没したようだ。ぼくは突然パニックになった。
「トーチャーはどこ？」
その声にベアトリスがすぐ反応した。
「トーチャー？」彼女は思わず大きな声を出した。
「ぼくたちのすぐ後ろにいると思っていた……」ぼくも半狂乱だった。
「わしが最後に見てからも、しばらく経っているな」
ぼくは、エラスムスの気持ちがわかり始めていた。なぜ、トーチャーのことをちゃんと気遣わなかったんだろう。
「がれきの下でわなにはまったかもしれない！」ベアトリスは暗いトンネルを見つめた。
「それではもどって探すとしよう。ついて来るんだ」エラスムスは力強く言った。
「どうやったらもどれるっていうの？　もう通路はないわ」

「それじゃ、ぼくたちはすべての目的に失敗したっていうの？」ぼくは認めざるを得なかった。「トーチャーを失った。ドラゴンのかぎ爪も。イグネイシャス・クルックはたぶん死んだろう。それでも、まだぼくたちよりましなのかもしれない」

墓地の奥でごうごうたる音がした。きっと最後のトンネルが落ちたのだろう。千年を経た岩も、こなごなになっていた。トーチャーはがれきの下のどこかにいるのだろうか？言いようのない悲しみが胸にこみ上げてきた。

ぼくは、後ろで始まりかけた新しい割れ目を力なく見ていた。それは天井に沿って開いていた。そのあと、トンネル全体が二つに分かれているのに気づいた。絶望的だった。トーチャーには二度と会えないだろう。

ところが、広がっていく割れ目を見ていたとき、遠くで何かが動いたのに気がついた。天井や壁がくずれるよりも早いスピードで、こちらに近づいてきている。人間だろうか、動物だろうか？　期待で胸がドキドキした。もっと近づいてきたとき、それが何か、ついにわかった。ぼくは、ほかのみんなを呼んだ。

「ベアトリス、エラスムス、ティブスさん！　トーチャーが生きていた！　ドレイク博士も一緒だ！　トンネルの中をこっちに来るよ！」
「やあ」博士はまるで何事もなかったかのように、なじみのある明るい声で叫んだ。
「やっと着いた。私たちは無事だ！　冷汗ものだったがね」
「ドレイク博士！」ベアトリスは彼にとびついた。
「そこでいったい何をしていたんですか？」
「まあまあ。悪のドラゴン結社と戦うのに、君たちだけに任せておくわけないだろう？」
「トーチャー！」赤ん坊ドラゴンはトンネルからとびだし、興奮してぼくたちの周りをグルグル回っていた。ぼくは、ティブスさんがトーチャーを目で追うのをやめさせる必要があった。彼の催眠状態がさらに長引くのを恐れたからだ。
「人間に会うのがこれほどうれしいとは考えもしなかった」エラスムスがほほ笑んだ。
「もちろんドラゴンの赤ん坊に会うのも！　だが、私はあなたに、率直に知らせなければならないことがある」

エラスムスは、告白の前に深呼吸をした。

「私はあなたから託された任務を果たせなかった」

ぼくは、ドレイク博士がどのように反応するか想像できなかった。実際のところ、彼が笑ってくれるなんて期待することもなかった。しかし、彼は笑ったんだ！

彼は上着の中に手を入れると、ドラゴンのかぎ爪を引っぱりだした。エラスムスは安堵と感謝で、言葉も出ないようだった。

「大丈夫だ、エラスムス」ドレイク博士は若いドラゴンを安心させた。

「私は君にトーチャーがいなくなった責任を負わせた。しかし、今日の君の勇気ある行動は、それを補ってあまりあった。君はドラゴン・アプレンティスとしてまったくふさわしい。そのことを、イドリギアとほかのドラゴンたち、それにドラゴン学者たちにもきちんと伝えよう」

明るい話し声が、ガラガラ音でさえぎられた。でも今回は墓地からではなかった。

「どうやらこのトンネルから急いで出たほうがよさそうだ」エラスムスが警告した。

「列車がやってくる！」
ドレイク博士は安全な盛り土の上にぼくたちを導いた。彼はエラスムスに、トーチャーを即刻家に連れていくように指示し、「今回は、見失わないように！」と念を押した。
「ダニエルとベアトリスと私は、セント・レオナードの森にもどる前に、ティブス氏をワイバーン・ウェイに連れていこう」
話しながら、ぼくたちは昼の光の中にもどった。
「君たちが安全だったので、ほんとうによかった」ドレイク博士はまゆを寄せて言った。
「しかし、私を待たずに先に進んだのは、ちょっと無謀だったな」
「トーチャーを助けたかったんです。時間はどんどん過ぎるし、あなたは来ないし……。ティブスさんは自分一人で墓地に入るって言ったんですが、私たちは連れていってくれるようにお願いしたんです」ベアトリスの説明が続いた。
ドレイク博士はまだフラフラしているティブスさんを見た。
「見るところ、彼もよくやったようだね。彼はドラゴン学説の専門家だ。しかし実践的な面はどうも得意ではなさそうだね」

「あなたはどうしていたんですか、ドレイク博士？　何があったんですか？」

ドレイク博士はため息をついた。「ああ、長い話になるな」

彼がそう始めたとき、ぼくたちは人通りの多い通りに出ていた。

「アンダーソンが現れて、事の流れはどんどん危険で混乱するほうへ向かっていった。それでウォーンクリフに着くのに時間がかかったんだ。やっとドラゴンの巣に着くと、エラスムスが待っていてくれた。彼は若くて動きの速いドラゴンだった。私は彼を信頼してドラゴンのかぎ爪を託し、トーチャーの救出を急ごうと思ったのだよ。イドリギアと私はできる限り頑張って彼のあとを追った。その後、君たちが墓地にいるとわかったので、そこに急いだんだ」

「それで、どうやって墓地から脱出できたんですか？」

「そうだな……」ドレイク博士は突然まじめな表情になった。

「トーチャーがいなかったら、私はまだあそこにいたかもしれない」

話しぶりから、トーチャーがドレイク博士にすばらしい印象を与えたことがわかった。

「脱出しようとしたときに、トンネルの一つでトーチャーと会ったんだ。彼はドラゴンのかぎ爪を口にくわえていた。その先のトンネルはふさがれていたが、彼はどちらに行くべきかわかっていたようだった。私は彼について行くしかなかったよ」

ドレイク博士は馬車を呼びとめ、皆で乗り込んだ。ティブスさんをドラゴナリアの店で下ろし、ティブスさんがいつもの調子を取りもどすまで込み入った計算を続けてやらせるように、執事のフライトさんに念を入れて指示した。そのあとで、ぼくたちは駅に向かった。

ドレイク博士とたくさん話すことがあったので、ドラゴンズブルックへともどる旅はあっと言う間だった。

「イグネイシャス・クルックが最初から悪のドラゴン結社の背後にいたなんて、まだ信じられない」ドレイク博士が考えこんでいた。

「今度こそ、やつは一巻の終わりだな」

「あれだけのことが起こったからには、またイグネイシャスに会うなんてことはないですよ」ぼくはげんなりしながら言った。

「不幸せな人生の悲惨な最期だったな」ドレイク博士が言った。ぼくが感心したのは、あれほどイグネイシャスに痛めつけられたのに、ドレイク博士が自分の敵に対して同情を示していたことだ。

ベアトリスとぼくがドラゴンズブルックにもどったのは、夕刻前だった。さびた門を押しあけて庭に入ると、赤いうろこの生きものが飛んできて、ベアトリスをひどく驚かせた。

「私たちも会えてうれしいわ、トーチャー！　こんな光景をだれかが見たら、私たちが数か月も離れていたと思うでしょうね！」

家は居心地がよく、ぼくたちを歓迎してくれているようだった。煙突からは煙がゆったりと立ちのぼり、窓にガス燈が輝いていた。中に入ると、両親が迎えてくれた。ぼくたちは両親に会えて大喜びだった。話すことがいっぱいあった。
「お母さん、お父さん！」ぼくは叫んだ。
「女王様に会ったの！」ベアトリスが言った。
「それに、ティブスさんが裏切り者だと思っていたんだ……」
「でも違っていたわ。イグネイシャス・クルックがそうだったの……」
ぼくたちの勢いを止めるように、お父さんが手をあげた。
「エラスムスからすべて聞いたよ。おまえたちはティブスさんについてあんな墓地に入るべきではなかったな」お父さんは厳格に言った。
ぼくは、そんなふうに言われることなど想像もしていなかった。でも、それは自業自得だった。お母さんのほうを見ると、精いっぱい怒っているように見せていたが、でも、ほんとうはうれしくてホッとしていることがぼくにはわかった。
「二人ともこちらへいらっしゃい」お母さんは笑いながら言い、ぼくたちを抱きかかえてくれた。「あなたたちが無事で、ほんとうによかったわ」

「おまえたちを誇りに思うよ」お父さんもすぐに笑顔になった。「はっきりとは言えないが、もうおまえたちだけを残していくようなことはしないつもりだ」

翌日、午後にみんなで訪ねてくるようにと、ドレイク博士から招待状が届いた。昼食のあと、ぼくたちはトーチャーを伴って、ドレイク城に向け出発した。

ドレイク博士の住まいの中庭で、大きな集まりがあった。チディングフォールド男爵がいたし、首相もいた。そのほか、S.A.S.D.の晩餐会に出席していた多くの人が集まっていた。

ドラゴンは自分しかいなかったので、トーチャーはテーブルの下ですねていた。なんとかおだてて引っぱりだそうとしたとき、ビリーとアリシアがぼくたちを見つけて飛んできたので、ぼくは、最後に会ってから――前日の朝早くだったけど――起こったことをすべて伝えようとした。ところが、ビリーとアリシアのほうに新しい知らせがあった。

「ティブスさんだけど、ロンドン数学会に送らなきゃならなかったの。バシリスクの催眠の力は考えていたよりずっと強かったわ。フライトさんが複雑な計算をどんどんやらせたんだけれど、それでとくによくなるということはなかったわ！　数学会にどれだけ長くいなきゃならないかわからないの」アリシアはしのび笑いをした。

「いい気味だね！　この前はたいへんだったんだから」ぼくは冷たく言った。

ベアトリスはティブスさんへの態度を和らげていた。

「でも彼がいなかったらトーチャーを見つけることはできなかったでしょ？　それに、最後には彼は正しかったじゃないの？」

「それってどういう意味？」ぼくは当惑していた。

「だって、彼は悪のドラゴン結社が復活したなんて信じなかったわ。話が少しうさんくさいって、いつも疑っていたじゃない」

彼女が正しいことを認めるしかなかった。ティブスさんの説はまちがっていなかった。それに、ぼくたちの将来の探検のためには、彼には所属している協会の本部にとどまってほしかった。

ダーシーがぼくに気づき、ウィンクをしながら近づいてきて、背中をポーンとたたいた。

「これはいったいどういうこと？」ぼくは人込みのほうをあごでしゃくりながら尋ねた。

「お手並み拝見さ」ダーシーはほほ笑みながら言った。

ドレイク博士はどこにも見当たらなかったが、彼が現れたらきっと何かの発表があるはずだ。

突然、人込みの中でハッと息をのむようすがあった。見あげると、片方にエラスムス、もう片方にブライソニアを伴って、イドリギアが庭に降りてきた。

「ブライソニアにとったら、はるばるここまで来たのは何か大事なことがあるからのはずだよ」ビリーの見解の正しさはあとで証明された。

イドリギアが着地すると、トーチャーはテーブルの下から頭を出し、あいさつするために走りだした。2頭のドラゴンは鼻をこすり合わせた。

ドレイク博士が屋敷から現れ、大またで歩いてイドリギアの隣に立った。ガーディアンたるイドリギアは背筋を伸ばし、観衆に目をやった。偉大なドラゴンが話そうとするのを見て、話し声はやみ、期待で静まり返った。

「プライシク・ホヤーリ！　ダニエルとベアトリスのクック姉弟、前に進み出よ」
ベアトリスとぼくは互いに顔を見合わせ、おずおずとイドリギアの指示に従った。
ガーディアンはいかめしい顔つきをしていた。
「おまえたちは従順ではなかったな」彼は気持ちが高まってきたようだ。
「ここにいる若いドラゴン・アプレンティスも同様だ」
エラスムスはこうべを垂れ、ぼくは気落ちしていた。これはお祝いなんかじゃない。それどころか、ぼくたちはS.A.S.D.の全会員の前で屈辱を受けなければならないんだ。
「おまえたちは、制止する声を振り切って、自分たちが愛したドラゴンを助けるためにみずからの命を危うくするという罪を犯した。エラスムスの罪ははさらに重い。その行動によって、子どもドラゴンが敵の手に落ちるという事態を招いてしまった。私はチディングフォールド男爵に、おまえたち3人を裁くように要請された」
「裁く？」ぼくはつぶやいた。つぎのことばが恐ろしかった。
「裁きだ」ガーディアンは続けた。

「大したものではないがな。おまえたちの働きにより、子どもドラゴンは助け出され、イグネイシャス・クルックの悪だくみはきっぱりと阻止された。おまえたちは困難にあっても偉大な勇気を示した。ドラゴンに対する危険が増し加わっている今日、だれも安穏としていられないのだ。アレクサンドラ・ゴリニチカはいまだに重大な脅威となっている。その脅威に対するために、我々には最強の力が必要だ。おまえたちは我々に力を貸す用意があるか？」イドリギアは問いただした。

「もちろんです！」ぼくたちは一も二もなく答えた。

「それでは、裁きを申し伝える。おまえたちは自分の身の安全のために、北へ旅に出るように。両親が同行する。エラスムスが当面はおまえたちの教師となる。しかし、エラスムスも人間のやり方をまだまだ学ぶ必要がある。その意味で、おまえたち二人は彼の教師でもある」

ぼくはエラスムスを見た。最初、何かを期待して喜んだようだった。でも、ぼくが見ているのに気づくと、にらみつけてきた。からいばりをしているに違いない。

この2日間、彼はぼくたちに愛着を感じてくれたはずだ。もちろんぼくたちもそうだ。ほんの少し前なら、与えられる罰に耐えられないと思ったかもしれない。けれど、今は大歓迎だ。なんてたって、ぼくたちはS.A.S.D.のために働けるのだから。

「その前に」ドレイク博士が言った。

「ここに女王陛下からのメッセージを預かっている。昨日、陛下は首相に対し、ダニエルとベアトリスの姉弟に栄誉を授与すると伝えられた」

彼はぼくたちにまっすぐ向き、直接話しかけてきた。

「私は、喜びをもってここに宣言する。今後、君たち二人は上級ドラゴン学者と見なされる」

ベアトリスとぼくは言葉が出なかった。最初は、ぼくたちは罰を受けると思った。つぎには、ドラゴン学者ならだれでも望む最高の栄誉にあずかることになったんだ。

「君たちの認証式の前に、もう一つ私がやるべきことがある。ここに君たちあての手紙がある。ここにいる皆が聞こえるように、読み上げてくれないか？」

彼はぼくたちに手紙を渡した。レターヘッドにはライオンとユニコーンをかたどった紋章があった。ぼくは、顔が興奮で紅潮してくるのがわかった。まぎれもなく女王陛下からのものだった。ぼくたちは手紙の両端を持ち、声を合わせて読みだした。

ダニエルとベアトリスのクック姉弟へ――勅命

汝ら二人が、その勇敢な行動をもって、わが王国と、わが臣民、またそこに住むドラゴンに対し、偉大な働きをなしたことが、世に知れるところとなった。その功績によって、朕は、汝らが上級ドラゴン学者に昇進するに値することを称えるものである。汝らがその責任を果たし、立派に義務をまっとうし、引き続きわが祖国の名誉たらんことを確信するものである。

二人の年少の者がわがバッキンガム宮殿の中庭にドラゴンと共に降り立った日のことが懐かしくしのばれる。汝らに再びあいまみえ、汝らよりドラゴン学者の冒険譚を聞かせてもらうことを心より待ち望んでいる。

朕は汝らに最大の幸福がもたらされることを望むものである。願わくは、汝らとドラゴンとの交渉が首尾よくおこなわれ、すべてのドラゴンのすみかにおいて汝らが彼らを守ることができ、平和を保つことができるように。

神秘といにしえのドラゴン学者協会の名において、ドラゴンスピードで参れ！

女王　ビクトリア

この2、3日はめまぐるしかった。ドラマと興奮にあふれていた。危険もあったし、たいへんな状況もいくつかあったけれど、この経験をほかの何かと交換するなんて絶対にあり得ない。今、イドリギアの裁きによって、ドラゴン学者の冒険がまだまだ続くことがわかった。実際、それはまだ始まったばかりだ。

人舎の「ドラゴン学」シリーズ

ドラゴン学
ドラゴンの秘密完全収録版

ドゥガルド・A・スティール編

30.8×26.2×2.4cm

定価（本体2,800円＋税）

ドラゴンの味方を一人でも多く見つけるため、「ドラゴン・マスター」であるアーネスト・ドレイク博士によって書かれた本。ドラゴンについての興味深い知識のほか、「ドラゴンの粉」や「ドラゴンのうろこ」なども付いている、豪華装丁しかけ本。30ページ。

ドラゴン学総覧

ドゥガルド・A・スティール編

27×24×2.7cm

定価（本体2,800円＋税）

今も生きているドラゴンの特徴・生息地・習性から、絶滅してしまった種とその絶滅理由、似て非なる生き物の紹介など、ドレイク博士の記録と知識を総結集させた「ドラゴン学」本の決定版。ドラゴン学者を志す人なら、必ず手元に置いておきたくなる一冊。192ページ。

ドラグン学から生まれた
ファンタジーシリーズ

20.2×13.2×3.4cm　320〜352ページ　定価（本体 1,900 円＋税）

第1巻

ドラグン・アイ

著／ドゥガルド・A・スティール

文／赤木かんこ

人類とドラグンの運命を握るドラグン・アイとは？　19世紀末のイギリスを舞台に、謎に満ちた冒険が始まる！

第2巻

ドラグン・エクスプレス

著／ドゥガルド・A・スティール

訳／三枝明子

ファンタジー第二弾！　病に犯されたドラグンを救うため、クック姉弟がドラグン・エクスプレスに乗って世界を駆ける！

第3巻

ドラグン・アプレンティス

著／ドゥガルド・A・スティール

訳／こどもくらぶ

再びドラグンに迫る危機。因縁の敵・イグネイシャスとの戦いで活躍する、ガーディアンのアプレンティスとクック姉弟。クック姉弟の運命は？

シリーズ完結編！
上陸間近

第4巻

著／ドゥガルド・A・スティール

訳／こどもくらぶ

「ドラグン・ハンマー」をめぐる、アレクサンドラ・ゴリニチカとの最後の死闘！　「失われたドラグンの島」でクック姉弟を待つ運命は？

ドラグン学入門

21課のドラグン学講義

ドゥガルド・A・スティール編

21.6×18.8×2.2cm

定価（本体 2,300 円＋税）

ドラグン文字やドラグンが好きななぞなぞなど、21課のドラグン学講義を収録した入門書。ドラグンの玉を埋めこんだ重厚な装丁。80ページ。

ドラグン学ノート

ドラグンの追跡と調教

ドゥガルド・A・スティール編

30.6×26.2×2.2cm

定価（本体 2,800 円＋税）

ドラグンの野外調査に必要な、実践的技術を紹介した冊子と、ヨーロッパドラグンの組み立て式モビール（全長50cm）のセット。冊子24ページ。

翻訳・編集／こどもくらぶ（石原尚子、中嶋舞子、河原　昭）

デザイン・DTP／（株）エヌ・アンド・エス企画（西尾朗子）

今人舎ドラゴン学公式サイト　http://dragon.imajinsha.co.jp/

ドラゴン・アプレンティス　THE DRAGON'S APPRENTICE

2013年8月10日　第1刷　発行

著／ドゥガルド・A・スティール
訳／こどもくらぶ

編　集／石原尚子、中嶋舞子
発行者／稲葉茂勝
発行所／株式会社今人舎
〒186-0001　東京都国立市北1-7-23
TEL 042-575-8888　FAX 042-575-8886
ホームページ　http://www.imajinsha.co.jp

Japanese text©Imajinsha co., Ltd., Tokyo, Japan
NDC933
352ページ　ISBN978-4-905530-24-4